全国物业管理师执业资格考试辅导用书

物业管理实务考试攻略

■ 王学发 主编

中国电力出版社
www.cepp.com.cn

本书为《全国物业管理师执业资格考试攻略》之《物业管理实务》。本书分为十五个部分，即物业管理企业、物业管理招标投标、物业管理合同、早期介入与前期物业管理、物业的承接查验、入住与装修管理、房屋及设施设备管理、物业环境管理、公共秩序管理服务、物业管理风险防范与紧急事件、财务管理、物业管理档案管理、人力资源管理、客户管理、物业管理应用文书。

图书在版编目（CIP）数据

物业管理实务考试攻略/王学发主编. —北京：中国
电力出版社，2007
全国物业管理师执业资格考试辅导用书
ISBN 978-7-5083-5142-1

Ⅰ. 物... Ⅱ. 王... Ⅲ. 物业管理-资格考核-自
学参考资料 Ⅳ. F293.33

中国版本图书馆 CIP 数据核字（2007）第 004575 号

中国电力出版社出版发行

北京三里河路 6 号 100044 http://www.cepp.com.cn
责任编辑：梁 瑶 责任印制：陈焊彬 责任校对：黄 蓓
北京丰源印刷厂印刷·各地新华书店经售
2007 年 2 月第 1 版·第 1 次印刷
787mm×1092mm 1/16·9 印张·214 千字
定价：20.00 元

前　言

　　全国物业管理师执业资格考试 2007 年将首次举行，这是物业管理行业的一件大事。由于是第一年物业管理师执业资格考试，广大考生对于考试的题型还难以把握，特别需要有一本有针对性的且带有练习和把握考试重点的辅导用书。针对这种情况，经过反复研究讨论，终于完成了这套针对性强、重点突出的考试辅导用书。这套辅导用书是经过了仔细的市场研究，在总结作者的历年相关专业的考试辅导经验和相关专业执业资格考试的命题经验的基础上完成的。本书对考试教材中的考点内容进行了全面系统的分析整合，全部以习题方式出现，并在需要加注的地方给出了相应的注释，将每本几十万字的内容通过习题方式展示出来以帮助大家备考，便于考生迅速适应考试形式，配合例题讲解掌握应试技巧，在最短时间内有针对性地进行复习备考，最大限度地帮助考生顺利通过考试，真正做到考前有的放矢、考时游刃有余、考后胸有成竹。

　　这套辅导用书按照指导用书分为四册，物业管理基本制度与政策、物业管理实务、物业管理综合能力、物业经营管理，每章都基本按照"考试要点"、"重点内容"，每节均按照"本节要点"、"复习题解"的结构编写；并在需要注解的习题后面给与了必要的说明。

　　本套辅导用书通过对各部分内容的高度提炼，所给出的习题包括单项选择题、多项选择题、综合分析题或问答题，其中单项选择题和多项选择题严格按照命题的要求完成，纯粹为仿真练习，为了将各种考点囊括其中，一些需要掌握的内容以问答形式给出，从而加强了本套辅导用书的内容完整性。本套辅导用书是对考试内容的高度提炼，为广大考生备考提供了良好的复习素材，希望通过本书的阅读能帮助广大考生顺利通过全国物业管理师执业资格考试。

编　者

目　　录

第一章　物业管理企业

本部分的考试目的是测试应考人员对物业管理企业类型、特征、设立程序、内部组织机构设置以及物业管理相关法规等知识的掌握程度和综合运用能力。

掌握：物业管理企业的设立程序，物业管理企业的组织机构及其职能。

熟悉：物业管理企业的主要特性、组织结构形式，物业管理企业资质管理制度。

了解：物业管理企业的主要类型，物业管理企业组织结构设计的要求和主要影响因素。

重点内容

1. 物业管理企业的类型及特征
2. 物业管理企业的常见模式
3. 物业管理企业的设立程序
(1) 工商注册登记；
(2) 资质管理。
4. 物业管理企业的组织形式与机构设置
(1) 物业管理企业的组织形式；
(2) 物业管理企业组织机构设置的影响因素；
(3) 物业管理企业组织机构设置的要求；
(4) 物业管理企业职能机构及其职责。

第一节　概　述

本节要点

物业管理企业的概念和特征；物业管理企业的分类；物业管理企业的常见模式。

复习题解

一、单项选择题

1. 物业管理企业的产品是（　　）。
A. 管理　　　　　　B. 服务　　　　　　C. 物业　　　　　　D. 基础设施

【答案】　B

【解析】　物业管理企业是企业法人，属于服务性企业，并具有一定的公共管理性质的职能。物业管理企业的产品就是服务，这种服务是有偿的和盈利性的。

2. 按照股东出资形式来划分，物业管理企业可以分为（　　）。
A. 全民所有制物业管理企业、集体所有制物业管理企业、民营物业管理企业、外资物

业管理企业和其他物业管理企业

B. 物业管理有限责任公司、物业管理股份有限公司和股份合作型物业管理企业

C. 房地产建设单位的附属子公司、房地产建设单位附属的部门、独立的物业管理企业和物业管理集团公司

D. 一级物业管理企业、二级物业管理企业、三级物业管理企业

【答案】　B

【解析】　物业管理企业有不同的分类，这种分类依据或标准有股东出资方式、经济成分、常见模式等。

3. 按照投资主体的经济成分来划分，物业管理企业可分为（　　　）。

A. 全民所有制物业管理企业、集体所有制物业管理企业、民营物业管理企业、外资物业管理企业和其他物业管理企业

B. 物业管理有限责任公司、物业管理股份有限公司和股份合作型物业管理企业

C. 房地产建设单位的附属子公司、房地产建设单位附属的部门、独立的物业管理企业和物业管理集团公司

D. 一级物业管理企业、二级物业管理企业、三级物业管理企业

【答案】　A

4. 物业管理企业的常见模式包括（　　　）。

A. 全民所有制物业管理企业、集体所有制物业管理企业、民营物业管理企业、外资物业管理企业和其他物业管理企业

B. 物业管理有限责任公司、物业管理股份有限公司和股份合作型物业管理企业

C. 房地产建设单位的附属子公司、房地产建设单位附属的部门、独立的物业管理企业和物业管理集团公司

D. 一级物业管理企业、二级物业管理企业、三级物业管理企业

【答案】　C

5. 某物业管理企业将全部资产分为等额股份，股东以其所持股份为限对公司承担责任，公司以其全部资产对公司的债务承担责任，该物业管理企业属于（　　　）。

A. 物业管理有限责任公司　　　　　B. 物业管理股份有限公司

C. 物业管理股份合作公司　　　　　D. 物业管理股份

【答案】　C

6. 物业管理企业提供的服务是（　　　）。

A. 无偿的　　　　　　　　　　　B. 购买住房附带的

C. 有偿的和盈利性的　　　　　　D. 有偿的和保本非盈利的

【答案】　C

7. 某物业管理企业经营管理高层住宅 120 万 m^2，根据企业管理房屋建筑面积情况，该企业可以申请的物业管理企业资质为（　　　）。

A. 一级　　　　　B. 二级　　　　　C. 三级　　　　　D. 暂定

【答案】　C

二、多项选择题

1. 物业管理企业的特征包括（　　　）。

A. 物业管理企业是独立的企业法人

B. 物业管理企业是隶属于房地产开发企业的企业法人

C. 物业管理企业是服务性的企业

D. 物业管理具有一定的公共管理的职能

E. 物业管理企业的产品就是服务

【答案】　ACDE

2. 物业管理企业尽可能实现物业的保值和增值，主要是通过（　　）。

A. 常规性的公共服务和延伸性的专项服务　B. 随机性的特约服务

C. 委托性的代办服务　　　　　　　　　　D. 创收性的经营服务

E. 政府性的管理服务

【答案】　ABCD

3. 在物业管理企业从事的以下管理内容之中，带有公共管理性质的有（　　）。

A. 向业主提供服务　　　　　　　　　　B. 向物业使用人提供服务

C. 物业区域内公共秩序的维护　　　　　D. 市政设施的配合管理

E. 物业的装修管理

【答案】　CDE

4. 目前物业管理企业的常见模式有（　　）。

A. 房地产建设单位的附属子公司　　　　B. 房地产建设单位的附属子部门

C. 独立的物业管理企业　　　　　　　　D. 物业管理集团公司

E. 物业管理超市

【答案】　ABCD

三、综合分析题

张某作为总经理经营一家物业管理单位，该单位隶属于原来的房地产开发公司。为了承揽外部业务和扩大规模，该企业经过房地产开发公司同意决定重组。该公司管理三个住宅小区，三个住宅小区分别是多层住宅 20 万 m^2、多层住宅 25 万 m^2 和高层住宅 15 万 m^2。该住宅小区多层住宅 100 万 m^2，高层住宅 10 万 m^2，2006 年 10 月 31 日取得了营业执照，拟向当地房地产管理部门申请资质。

1. 物业管理企业有哪些常见模式？每个模式的特点有哪些？该企业重组设置的企业是什么模式？

【答案要点】　物业管理的常见模式有房地产建设单位的附属子公司或部门、独立的物业管理企业和物业管理集团公司。

房地产建设单位的附属子公司是指房地产建设单位成立的法人或非法人物业管理企业。另外，也有部分房地产企业在其内部设立不属于企业的专门部门，承担售后物业的管理工作。这种企业的特点是房地产建设单位与物业管理单位之间属上下级关系。独立的物业管理企业是指不依附于房地产开发建设单位和其他单位，独立注册、自主经营、自负盈亏的物业管理企业。物业管理集团公司主要由集团总公司和下属子公司构成。集团总公司是宏观控制机构，集团发展的战略决策由总公司负责。

该企业重组后的模式是独立的物业管理企业。

2. 物业管理企业有哪些特点？

【答案要点】　物业管理企业是依法成立、具备专门资质并具有独立企业法人地位，依据物业服务合同从事物业管理相关活动的经济实体。其特征可以归纳为以下三点：物业管理企业是企业法人；物业管理企业属于服务性企业；物业管理企业具有一定的公共管理性质的职能。

3. 该企业可以登记的物业管理企业资质为几级？

【答案要点】　三级（暂定）。

4. 该企业向当地房地产管理部门申请物业管理企业资质，最迟的时间是哪一天？

【答案要点】　2006 年 11 月 29 日。

第二节　物业管理企业的设立

本节要点

物业管理企业的工商登记名称的预先核准、公司的最低注册资本、公司章程的主要内容、营业执照的办理；物业管理企业的资质条件以及申报物业管理企业资质需要提供的资料。

复习题解

一、单项选择题

1. 公司法规定的科技开发、咨询、服务性有限责任公司最低限额的注册资本为（　　）万元。

A. 5　　　　　　　　B. 10　　　　　　　　C. 30　　　　　　　　D. 50

【答案】　B

2. 负责物业管理公司企业注册登记的部门是（　　）。

A. 房地产行政管理部门　　　　　　B. 土地行政管理部门

C. 建设行政管理部门　　　　　　　D. 工商行政管理部门

【答案】　D

3. 物业管理企业的资质等级分为（　　）级。

A. 二　　　　　　　　B. 三　　　　　　　　C. 四　　　　　　　　D. 五

【答案】　B

4. 一级物业管理机构资质的注册资本为人民币（　　）万元以上。

A. 100　　　　　　　B. 200　　　　　　　C. 300　　　　　　　D. 500

【答案】　D

5. 三级物业管理机构资质的最低注册资本为（　　）万元。

A. 10　　　　　　　B. 30　　　　　　　C. 50　　　　　　　D. 100

【答案】　C

6. 二级物业管理机构资质的最低注册资本为（　　）万元。

A. 50　　　　　　　B. 100　　　　　　　C. 200　　　　　　　D. 300

【答案】　D

7. 二级物业管理企业资质证书的颁发和管理部门是（　　）。

A. 国务院建设主管部门

B. 省、自治区人民政府建设主管部门

C. 省、自治区人民政府建设主管部门和市人民政府房地产主管部门

D. 设区的市级人民政府房地产主管部门

【答案】　C

8. 三级物业管理企业资质证书的颁发和管理部门是（　　）。

A. 国务院建设主管部门

B. 省、自治区人民政府建设主管部门

C. 省、自治区人民政府建设主管部门和市人民政府房地产主管部门

D. 设区的市级人民政府房地产主管部门

【答案】　D

9. 一级物业管理企业资质证书的颁发和管理部门是（　　）。

A. 国务院建设主管部门

B. 省、自治区人民政府建设主管部门

C. 省、自治区人民政府建设主管部门和市人民政府房地产主管部门

D. 设区的市级人民政府房地产主管部门

【答案】　A

10. 二级物业管理企业的物业管理人员以及工程、管理、经济等相关专业类的专职管理和技术人员不少于（　　）人。

A. 10　　　　　　　B. 20　　　　　　　C. 30　　　　　　　D. 40

【答案】　B

11. 股东或发起人指定的代表或委托的代理人申请企业名称预先核准，经过（　　）部门批准后，获得的《企业名称预先核准通知书》。

A. 房地产行政管理部门　　　　　　B. 建设行政管理部门

C. 公安部门　　　　　　　　　　　D. 工商行政管理部门

【答案】　D

12. 物业管理企业成立的标志是取得（　　）。

A. 名称预先核准通知书　　　　　　B. 营业执照

C. 物业管理企业资质证书　　　　　D. 验资证明

【答案】　B

13. 某物业管理企业申请二级资质，该企业管理了多层住宅和高层住宅两种类型物业，其中的多层住宅 40 万 m^2，高层住宅应该至少（　　）万 m^2。

A. 30　　　　　　　B. 40　　　　　　　C. 50　　　　　　　D. 60

【答案】　A

14. 某物业管理企业申请一级资质，该企业管理了三种物业类型，多层住宅 40 万 m^2、办公楼 25 万 m^2，高层住宅至少为（　　）万 m^2。

A. 15　　　　　　　B. 25　　　　　　　C. 35　　　　　　　D. 45

【答案】　B

15. 新设立的物业管理企业，从领取营业执照之日起（   ）日内，向当地的房地产主管部门申请资质。

A. 10   B. 15   C. 30   D. 60

【答案】 C

16. 物业管理企业的设立程序包括的阶段是（   ）。

A. 工商注册登记和资质审批

B. 资格预审、工商注册登记和资格审批

C. 工商注册登记、资格预审和资格审批

D. 组织机构设置、工商注册登记和资格审批

【答案】 A

17. 物业管理企业办理企业注册登记时，应提交（   ）。

A. 商业银行出具的存款证明   B. 法定验资机构出具的验资证明

C. 股东出具的出资证明   D. 法定代表人出具的股东出资收款证明

【答案】 B

18. 一级物业管理企业资质的企业条件之一是管理两种类型以上的物业，并且管理各类物业的建筑面积分别占多层住宅 200 万 m^2、高层住宅 100 万 m^2、独立式住宅（别墅）15 万 m^2、办公楼、工业厂房及其他物业 50 万 m^2 为基数的百分比之和不低于（   ）。

A. 70%   B. 80%   C. 90%   D.100%

【答案】 D

19. 物业管理企业设置的资质等级分为（   ）。

A. 甲级、乙级、丙级   B. 国家级、省级、市级

C. 一级、二级、三级   D. 高级、中级、初级

【答案】 C

20. 作为服务性有限责任公司的物业管理企业最低限额的注册资本为（   ）万元。

A. 5   B. 10   C. 30   D. 50

【答案】 D

二、多项选择题

1. 物业管理企业一级资质的条件包括（   ）。

A. 注册资本为人民币 500 万元以上

B. 物业管理专业人员以及工程、管理、经济等相关专业类的专职管理和技术人员不少于 20 人。其中，具有中级以上职称的人员不少于 10 人，工程、财务等业务负责人应具有相应专业中级以上职称

C. 物业管理专业人员应按照国家有关规定取得职业资格证书

D. 建立并严格执行服务质量、服务收费等企业管理制度和标准，建立企业信用档案系统，有优良的经营管理业绩

E. 管理两种类型以上物业

【答案】 ACDE

2. 申请物业管理企业资质需要持有的资料有（   ）。

A. 营业执照   B. 企业章程

C. 验资证明   D. 企业法人代表的身份证明

E. 物业管理合同

【答案】 ABCD

3. 物业管理企业的设立程序包括的阶段有（   ）。

A. 工商注册登记   B. 资质审批

C. 资格预审   D. 机构组织设置

E. 资金筹划

【答案】 AB

三、问答题

某新设物业管理企业申请工商登记，并办理资质申报。

1. 登记时，物业管理企业章程应该包括哪些内容？

【答案要点】 物业管理企业章程包括：总则，包括公司名称和地址等；企业的经营范围；公司注册资本；股东的姓名或名称；股东的权利和义务；股东的出资方式和出资额，股东转让出资的条件；公司的机构及产生办法、职权、议事规则；公司的法定代表；公司解散事由和清算办法；职工录用方式、待遇、管理方法；企业的各种规章制度。

2. 在办理登记时，需要做好哪些准备资料？物业管理企业的设立程序包括哪些阶段？

【答案要点】 需要准备的资料包括：企业名称、注册资金和验资报告、合规的股东、法定代表人和其他人员的资料、公司章程。

设立程序包括的阶段：工商注册登记、物业管理企业的资质审批和管理。

3. 办理物业管理企业资质审批时需要准备的资料有哪些？

【答案要点】 营业执照、企业章程、验资证明、物业管理专业人员的职业资格证明和劳动合同，管理和技术人员的资格证书和劳动合同。

第三节 物业管理企业的组织形式与机构设置

本节要点

物业管理企业的组织形式及其特点、适用范围；物业管理企业组织机构设置的影响因素和要求；物业管理企业职能机构及其职责主要包括的内容。

复习题解

一、单项选择题

1. 直线职能制的组织形式以（   ）为基础。

A. 直线制   B. 职能制   C. 事业部制   D. 矩阵制

【答案】 A

2. 在各级主管人员的领导下，按专业分工设置相应的职能部门，实行主管人员统一指挥和职能部门专业指导相结合的组织形式是（   ）。

A. 直线制   B. 直线职能制   C. 事业部制   D. 矩阵制

【答案】 B

3. 某物业管理公司设置总经理一名，部门设置经理，接受总经理的领导，这种组织形式是（　　）。

A. 直线制　　　　　　B. 直线职能制　　　　C. 事业部制　　　　　D. 矩阵制

【答案】 A

4. 最简单的企业组织形式是（　　）。

A. 直线制　　　　　　B. 直线职能制　　　　C. 事业部制　　　　　D. 矩阵制

【答案】 A

二、多项选择题

1. 物业管理企业的组织形式有（　　）。

A. 直线制　　　　　　　　　　　　　B. 直线职能制

C. 事业部制　　　　　　　　　　　　D. 矩阵制

E. 行列式制

【答案】 ABCD

2. 直线制的优点有（　　）。

A. 命令统一　　　　　　　　　　　　B. 责权分明

C. 指挥及时　　　　　　　　　　　　D. 适应涉及面广、技术复杂、服务多样化

E. 加强了专业管理的职能

【答案】 ABC

3. 物业管理企业组织机构设置的要求有（　　）。

A. 按照规模、人物设置　　　　　　　B. 统一领导、分层管理

C. 分工协作　　　　　　　　　　　　D. 精干、高效、灵活

E. 各自为政

【答案】 ABCD

4. 物业管理企业的总经理室一般设（　　）。

A. 总经理和若干副总经理　　　　　　B. 总会计师

C. 总经济师　　　　　　　　　　　　D. 总工程师

E. 行政管理部经理

【答案】 ABCD

5. 以下属于品质管理部的职责内容的有（　　）。

A. 企业文化和社区文化规章制度　　　B. 外部质量审核的协调

C. 品牌策划　　　　　　　　　　　　D. 客户关系管理

E. 信息化建设

【答案】 BD

6. 以下属于行政管理部的职责内容的有（　　）。

A. 管理标准和工作标准

B. 监督资金和资产的安全运作

C. 新接管物业项目前期介入管理的组织和协调

D. 企业文化建设

E. 管理评审

【答案】　AD

7. 以下属于市场拓展部的职责内容的有（　　　）。

A. 投标管理　　　　　　　　　　B. 制定物业项目考核体系

C. 客户满意度评价及监督　　　　D. 顾问项目管理与协调

E. 物业管理市场调查研究

【答案】　ADE

8. 组织规模直接影响到企业的（　　　）。

A. 管理层次　　　　　　　　　　B. 集权程度

C. 组织战略　　　　　　　　　　D. 制度化

E. 规范化

【答案】　ABDE

三、问答题

（一）甲公司是一家采用事业部制的物业管理企业。

1. 事业部制组织形式的优、缺点有哪些？

【答案要点】　事业部制的主要优点有：

（1）强化了决策机制，使公司最高领导摆脱了繁杂的行政事务，着重于公司重大事情的决策；

（2）能调动各事业部门的积极性、责任心和主动性，增强了企业的活力；

（3）促进了内部的竞争，提高了公司的效率和效益；

（4）有利于复合型人才的考核培养，便于优秀人才脱颖而出。

事业部制的主要缺点是事业部之间的协调困难，机构重叠，人员过多。

2. 物业管理企业组织机构设置的影响因素有哪些？

【答案要点】　物业管理企业组织机构设置的影响因素有企业战略因素、外部环境因素、技术因素、组织规模及所处阶段。

3. 物业管理企业的机构主要包括哪些？

【答案要点】　总经理室、人力资源部、行政管理部、财务部、品质管理部、市场开拓部、经营管理部、工程管理部、安全保卫部和环境管理部。

（二）刘某拟设立一家物业管理有限公司。

1. 物业管理公司的特征归纳起来包括（　　　）。

【答案要点】　是独立的企业法人、属于服务性的企业、具有一定的社会公共管理性质的职能。

2. 设立物业管理有限公司最低的注册资本为多少？

【答案要点】　50 万元。

3. 该新设立的物业管理企业，其资质等级为几级？

【答案要点】　三级，并设一年的暂定期。

4. 新设立的物业管理企业中物业管理专业人员以及工程、管理、经济等相关专业类的专职管理和技术人员不少于多少人。

【答案要点】　不少于 10 人。

5. 新设立的物业管理企业从领取营业执照之日起多少天内，持有关资料向当地的房地产主管部门申请资质。

【答案要点】 30天内。

6. 该公司刚刚设立，规模很小，业务量有限，该公司可以采用的最合适的是什么企业组织形式。

【答案要点】 直线制。

7. 刘某设立物业管理企业需要做哪些工作？

【答案要点】 （1）设立物业管理企业，必须到工商行政管理部门办理注册登记，包括公司选址、企业名称预先核准、确定合法的股东人数、公司组成人员、注册资本验资、公司章程等事项。

（2）物业管理企业资质的申报。从物业管理企业领取营业执照之日起30天内，到当地房地产行政主管部门申报资质。资料包括：营业执照、企业章程、验资证明、企业法定代表人的身份证明、物业管理专业人员的职业资格证书和劳动合同，管理和技术人员的职称证书和劳动合同。

8. 该企业设置物业管理企业组织机构需要考虑哪些因素？

【答案要点】 企业战略因素、外部环境因素、技术因素、组织规模及所处阶段。

第二章　物业管理招标投标

考试要点

本部分的考试目的是测试考生对物业管理招标投标相关法规和物业管理招投标内容、步骤、要求，以及物业管理方案编写等知识的掌握程度和综合运用能力。

掌握：物业管理招标投标相关法规，物业管理招、投标的内容、步骤和要求，物业管理投标文件及方案的编写。

熟悉：物业管理招标的条件和程序，投标的策略和技巧。

了解：物业管理招标投标的基本要求与原则。

重点内容

1. 物业管理招标投标及其特点
2. 物业管理招标投标的原则与要求
3. 物业管理招标投标的策划与实施
4. 物业管理招标的类型
5. 物业管理招标的方式
6. 物业管理招标的内容
7. 物业管理招标的条件与程序
8. 物业管理投标的条件
9. 物业管理投标的程序
10. 物业管理投标的策略技巧
11. 制定物业管理方案
(1) 制定物业管理方案的一般程序；
(2) 制定物业管理方案的要求；
(3) 物业管理方案的基本内容；
(4) 制定物业管理方案的要点及方法。

第一节　物业管理招标投标的内容与形式

本节要点

物业管理招标的概念、招标主体；物业管理招标的类型；物业管理招标投标的特点；物业管理招标的方式和内容。

复习题解

一、单项选择题

1. 某物业业主大会尚未成立，负责组织物业管理招标的是（　　）。

A. 物业的建设单位　　　　　　　　　　B. 业主代表

C. 物业建设单位与业主代表　　　　　　D. 当地房地产行政管理部门

【答案】　A

2. 物业管理正常运行后，一般以（　　）为招标主体。

A. 物业建设单位　　　B. 业主代表　　　　C. 业主委员会　　　　D. 业主大会

【答案】　D

3. 按项目服务的方式划分，物业管理招标分为（　　）。

A. 整体物业管理项目的招标、单项服务项目的招标和分阶段项目的招标

B. 物业建设单位为主体的招标、业主大会为主体的招标和物业产权单位为主体的招标

C. 全权管理项目招标、顾问项目招标

D. 住宅项目招标和非住宅项目招标

【答案】　C

4. 物业管理招标具有明显的（　　）。

A. 单一性　　　　　B. 综合性　　　　C. 行政性　　　　D. 福利性

【答案】　B

5. 物业管理招标投标的内容具有相对（　　）。

A. 独立性　　　　　B. 综合性　　　　C. 不确定性　　　　D. 确定性

【答案】　C

6. 物业管理招标投标具有一定的（　　）。

A. 内容的整体性　　　B. 广泛性　　　　C. 主体的单一性　　　D. 行业特殊性

【答案】　D

7. 按招标项目服务内容的实施划分，物业管理招标分为（　　）。

A. 整体物业管理项目的招标、单项服务项目的招标和分阶段项目的招标

B. 物业建设单位为主体的招标、业主大会为主体的招标和物业产权单位为主体的招标

C. 全权管理项目招标、顾问项目招标

D. 住宅项目招标和非住宅项目招标

【答案】　A

8. 按招标主体的类型划分，物业管理招标分为（　　）。

A. 整体物业管理项目的招标、单项服务项目的招标和分阶段项目的招标

B. 物业建设单位为主体的招标、业主大会为主体的招标和物业产权单位为主体的招标

C. 全权管理项目招标、顾问项目招标

D. 住宅项目招标和非住宅项目招标

【答案】　B

9. 成立业主大会后，一般以（　　）为招标主体。

A. 物业建设单位　　　B. 业主代表　　　　C. 业主委员会　　　　D. 业主大会

【答案】　D

二、多项选择题

1. 物业管理招标的主体一般是（　　）。

A. 物业的建设单位　　　　　　　　　　B. 物业所在地的房地产行政管理部门

C. 业主大会

D. 物业产权人

E. 物业使用人

【答案】 ACD

2. 产权归属政府国有资产管理部门的重点基础设施或大型公用设施物业管理招标一般由（　　）组织。

A. 产权人

B. 管理使用单位

C. 政府采购中心

D. 房地产行政主管部门

E. 政府招投标行政管理部门

【答案】 ABC

3. 以下可以参与物业管理投标的专业管理公司的投标人有（　　）。

A. 电梯维修公司

B. 物业管理企业

C. 楼宇设备专业公司

D. 清洁卫生专业公司

E. 园林绿化专业公司

【答案】 ACDE

4. 以下可以作为物业管理招标主体的有（　　）。

A. 建设单位

B. 承包商

C. 业主大会

D. 政府机关

E. 事业单位

【答案】 ACDE

5. 物业管理招标的内容具有相对不确定性的原因是产品的（　　）。

A. 服务对象

B. 服务主体

C. 服务需求

D. 服务供给

E. 服务内容

【答案】 ACE

6. 物业管理招标文件应明确的事项有（　　）。

A. 开标日期

B. 开标地点

C. 评标方式

D. 评标标准

E. 开标时间

【答案】 ABE

7. 公开招标中，应该公开的内容包括（　　）。

A. 招标程序

B. 评标条件

C. 中标结果

D. 评选程序

E. 开标时间、日期和地点

【答案】 ACE

8. 采用邀请招标方式的招标人对投标人重点考察的内容包括（　　）。

A. 投标单位当前和过去的财务状况

B. 近期内承接同类项目的管理水平

C. 是否具有管理经验、在本地区或同行业的信誉度

D. 对招标项目的综合承担能力

E. 与建设单位是否存在密切关系

【答案】 ABCD

9. 物业管理投标的主体通常包括（   ）。

A. 物业管理企业
B. 物业开发企业
C. 物业评估企业
D. 房地产经纪企业
E. 专业管理公司

【答案】 AD

10. 早期介入阶段和前期物业管理阶段，要求提供相应物业管理服务的主要招标内容有（   ）。

A. 对投标物业的规划设计提供专业的合理化建议
B. 对投标物业设施设备的合理性及建筑材料选用提供专业意见
C. 参与物业的竣工验收，并提出相应整改意见
D. 设计物业管理模式，提出员工培训计划
E. 客户管理、客户服务和便民措施

【答案】 ABCD

11. 早期介入阶段和前期物业管理阶段，要求提供相应物业管理服务的主要招标内容有（   ）。

A. 办理移交接管，对业主入住、装修实施管理和服务
B. 对经营性物业进行经营策划，制定租赁策略方案和宣传推广方案
C. 对投标物业的建筑设计、施工是否符合后期物业管理的需要提供专业意见并对现场进行必要监督
D. 建立服务系统和服务网络，制定物业管理方案
E. 环境与公共秩序的管理

【答案】 ABCD

12. 常规物业管理要求提供的相关服务的主要内容有（   ）。

A. 项目机构的建立与日常运作机制的建立，精神文明建设
B. 房屋及共用设施设备的管理，环境与公共秩序的管理
C. 物业的租赁管理，客户管理、客户服务和便民服务
D. 财务管理
E. 办理移交接管，对业主入住、装修实施管理和服务

【答案】 ABCD

13. 招标人预先选择若干有能力的企业，直接向其发出投标邀请的招标方式为（   ）。

A. 竞争性招标
B. 有限竞争性招标
C. 直接招标
D. 邀请招标
E. 选择性招标

【答案】 BDE

14. 邀请招标的主要特点是（   ）。

A. 招标人不使用公开的公告方式
B. 投标方式是确定的

C. 招标人以公开的方式邀请所有符合条件的法人组织参与投标

D. 招标程序和中标结果公开

E. 评标条件及程序预先设定

【答案】 AB

15. 公开招标的主要特点是（　　　）。

A. 招标人不使用公开的公告方式

B. 投标方式是确定的

C. 招标人以公开的方式邀请所有符合条件的法人组织参与投标

D. 招标程序和中标结果公开

E. 评标条件及程序预先设定，且不允许在程序启动后单方面变更

【答案】 CDE

16. 物业管理项目招标中的承接管理方式有（　　　）。

A. 全方位服务型管理方式　　　　　　　B. 顾问服务型管理方式

C. 合资合作方式　　　　　　　　　　　D. 招投标方式

E. 拍卖方式

【答案】 ABC

17. 合资合作方式的物业管理方式一般适用的物业类型有（　　　）。

A. 大型的综合性物业　　　　　　　　　B. 经营型物业

C. 招标人有下属物业管理企业的　　　　D. 高层住宅物业

E. 中低层住宅物业

【答案】 ABC

第二节　物业管理招标投标的策划与实施

本节要点

物业管理招标的基本要求与原则；物业管理招标的条件、程序；物业管理投标的条件、程序和策略技巧。

复习题解

一、单项选择题

1. 在物业管理招标投标过程中，无论是招标方还是投标方都应该充分考虑的是（　　　）。

A. 市场要素

B. 根据项目的实际情况和业主（或物业使用人）的需求，选择最适合项目运作和业主（或物业使用人）需求的物业管理企业和服务

C. 制定符合项目需求的管理模式和运作方案

D. 结合项目特点与企业自身的条件组织投标活动

【答案】 A

2. 招标人在发布招标公告或投标邀请书的（　　）日内必须提交与招标项目和招标活动有关的资料，向项目所在地的县级以上地方人民政府房地产行政主管部门备案。

A. 10 　　　　　B. 15 　　　　　C. 20 　　　　　D. 30

【答案】　A

3. 招标人在发布招标公告或投标邀请书的 10 日内必须提交与招标项目和招标活动有关的资料，向项目所在地的县级以上（　　）备案。

A. 地方人民政府　　　　　　　　　B. 地方人民政府工程招标管理机构

C. 地方人民政府建设行政主管部门　D. 地方人民政府房地产行政主管部门

【答案】　D

4. 对于有能力组织和实施招标活动的招标人，可以采取的招标形式为（　　）。

A. 自行组织招标

B. 委托招标代理机构办理招标

C. 自行组织招标和委托招标代理机构办理招标同时进行

D. 自行组织招标活动或委托招标代理机构办理招标

【答案】　D

5. 以下可以经物业所在地区、县人民政府房地产行政主管部门批准，采用协议方式选聘具有相应资质的物业管理企业的情况是（　　）。

A. 投标人少于 3 个　　　　　　　　B. 住宅规模较小的

C. 投标人少于 3 个且住宅规模较小的　D. 投标人少于 3 个或住宅规模较小的

【答案】　B

6. 以下物业选聘物业管理企业的情况中，必须通过招标方式的有（　　）。

A. 投标人少于 3 个或住宅规模较小的

B. 新开发的住宅及同一物业管理区域内的非住宅

C. 新开发的非住宅

D. 业主入住后由业主委员会选聘物业管理企业

【答案】　B

7. 采用邀请招标方式的，应当邀请投标的物业管理企业的数量在（　　）个以上。

A. 3 　　　　　B. 4 　　　　　C. 5 　　　　　D. 7

【答案】　A

8. 选聘物业管理企业采用公开招标方式的，应通过公共媒体发布招标公告，并要求（　　）。

A. 在中国住宅与房地产信息网上发布招标公告

B. 在中国物业管理协会网上发布招标公告

C. 在中国住宅与房地产信息网上或中国物业管理协会网上发布招标公告

D. 同时在中国住宅与房地产信息网上和中国物业管理协会网上发布招标公告

【答案】　D

9. 以下情况中，招标人或招标代理机构在发布招标公告和发出投标邀请书后可以终止招标的是（　　）。

A. 发生不可抗力　　　　　　　　　B. 招标人内部意见出现不协调

C. 已经内部确定中标单位   D. 发现招标文件存在漏洞

【答案】 A

10. 在进行规模较大、比较复杂的物业项目招标时，通常由招标人或招标机构在投标人获得招标文件后，安排投标人会议，这个会议称为（   ）。

A. 投标人会议   B. 技术评审会议   C. 标前会议   D. 协调会议

【答案】 C

11. 标前会议的主要目的是（   ）。

A. 协调投标人行动   B. 投标人现场踏勘

C. 解答投标人提出的各类问题   D. 协商招标中存在的问题

【答案】 C

12. 公开招标的物业管理项目，自招标文件发出之日起至投标人提交投标文件之日止，最短不得少于（   ）日。

A. 15   B. 20   C. 30   D. 45

【答案】 B

13. 招标人需要对已发出的招标文件进行必要的澄清或者修改的，应当在招标文件要求提交投标文件（   ）日前，以书面形式通知所有的招标收受人。

A. 5   B. 7   C. 10   D. 15

【答案】 D

14. 实行资格预审的物业管理项目，招标人关于资格预审的条件和获取资格预审的办法应当在（   ）中载明。

A. 招标公告   B. 投标邀请书

C. 招标公告和投标邀请书   D. 招标公告或投标邀请书

【答案】 D

15. 当资格预审合格的投标申请人过多时，可以由招标人从中选择不少于（   ）家资格预审的投标申请人。

A. 3   B. 5   C. 7   D. 10

【答案】 B

16. 物业管理招标评标委员会人数一般为（   ）人以上单数。

A. 3   B. 5   C. 7   D. 10

【答案】 B

17. 物业管理招标评标委员会中招标人代表以外的物业管理方面的专家人数不得少于成员总数的（   ）。

A. 1/4   B. 1/3   C. 1/2   D. 2/3

【答案】 D

18. 物业管理招标评标的过程应当是（   ）。

A. 公开的   B. 严格保密的

C. 是否公开视情况而定   D. 除了现场答辩部分外，是严格保密的

【答案】 D

19. 招标人应当在投标有效期截止时限（   ）日前确定中标人。

A. 10　　　　　　B. 15　　　　　　C. 30　　　　　　D. 60

【答案】 C

20. 招标人应当自确定中标人之日起（　　）日内，向物业项目所在地的县级以上人民政府房地产行政主管部门备案。

A. 10　　　　　　B. 15　　　　　　C. 30　　　　　　D. 60

【答案】 B

二、多项选择题

1. 物业管理招标投标的法律依据主要有（　　）。

A. 物业管理师管理办法　　　　　　B. 中华人民共和国招标投标法

C. 物业管理条例　　　　　　D. 前期物业管理招标投标管理暂行办法

E. 各地方的相关法规政策规定

【答案】 BCDE

2. 在物业管理招标投标过程中，招标人或投标人不得从事的活动有（　　）。

A. 招标人不得事先预定中标单位或设定不公平条件，不得在招标过程中以言行影响评标委员会或协助某一投标单位获得竞争优势

B. 投标人不得与招标人或其他投标人串通投标，损害国家利益、社会公共利益或者他人的合法权益

C. 招标人不得违反规定拒绝与中标人签订合同

D. 招标人不得事先对投标人资格进行筛选

E. 投标人不得向招标人或者评标委员会成员行贿或以其他不正当手段谋取中标

【答案】 ABCE

3. 以下关于物业管理招标的业主条件的说法中，正确的有（　　）。

A. 招标人为业主委员会的，须经业主大会授权

B. 招标人为业主委员会的，应将招标投标的过程和结果及时向业主公开

C. 招标人为建设单位的，必须符合相应的法律法规规定的其他条件

D. 招标项目为重点基础设施或公用事业物业的，招标人必须经相关产权部门的批准、授权

E. 招标人为建设单位的，须经业主大会授权

【答案】 ABCD

4. 自行组织物业管理招标活动的招标人应具备的条件有（　　）。

A. 拥有与招标项目相适应的技术、经济、管理人员

B. 具有编制招标文件的能力

C. 具有组织开标、评标及定标的能力

D. 具有物业的所有权

E. 全体业主同意

【答案】 ABC

5. 物业管理招标的招标人应当在发布招标公告或者发出投标邀请书的 10 日前，报项目所在地县级以上地方人民政府房地产行政主管部门备案时，需要提供的资料包括（　　）。

A. 与物业管理有关的物业项目开发建设的政府批件

B. 招标公告或投标邀请书

C. 招标文件

D. 物业建设承发包合同

E. 法律法规规定的其他文件

【答案】 ABCE

6. 物业管理招标文件应该包括的内容有（　　）。

A. 招标人及招标项目简介，包括招标人名称、地址、联系方式、项目基本情况、物业管理用房的配备情况等

B. 物业管理服务内容及要求，包括服务内容、服务标准等；物业服务合同的签订说明

C. 对投标人及投标书的要求，包括投标人的资格、投标书的格式、主要内容等

D. 评标标准和评标办法；招标活动方案，包括招标组织结构、开标时间及地点等；其他事项的说明及法律法规规定的其他内容

E. 评标委员会的组成人员名单、单位和技术职称

【答案】 ABCD

7. 物业管理招标文件中招标人及招标项目简介包括的内容有（　　）。

A. 招标人名称、地址、联系方式 　　 B. 招标项目基本情况

C. 物业管理用房的配备情况 　　 D. 物业管理服务的内容、服务标准

E. 物业服务合同的签订说明

【答案】 ABC

8. 物业管理招标文件中对投标人及投标书的要求内容包括（　　）。

A. 服务内容、服务标准 　　 B. 法人代表年龄

C. 投标人的资格 　　 D. 投标书的格式、主要内容

E. 招标组织机构

【答案】 CD

9. 物业管理招标文件中关于招标活动方案的内容包括（　　）。

A. 招标组织机构 　　 B. 开标时间及地点

C. 招标项目基本情况 　　 D. 评标标准及评标方法

E. 物业服务内容、服务标准

【答案】 AB

10. 物业管理招标评标委员会的组成人员包括（　　）。

A. 招标人代表 　　 B. 投标人代表

C. 物业管理专家 　　 D. 房地产开发管理专家

E. 房地产经营专家

【答案】 AC

11. 以下关于开标的说法中，正确的有（　　）。

A. 开标应当在招标文件确定的提交投标文件截止时间的同一时间公开进行，开标地点应当为招标文件中预先确定的地点

B. 开标应当由投标人或者其推选的代表检查投标文件的密封情况，也可以由招标人委托的公证机构进行检查并公证

C. 经确认无误后的投标文件，由工作人员当众拆封，宣读投标人名称、投标价格和投标文件的其他主要内容

D. 在招标文件要求提交投标文件的截止时间前收到的所有投标文件，在开标时都应当由招标人当众予以拆封

E. 开标由招标人主持，邀请部分投标人参加

【答案】　ABCD

12. 物业管理招标评标的评分方法一般包括（　　）。

A. 综合评议　　　　　　　　　　B. 百分制量化

C. 成本收益法　　　　　　　　　D. 收益成本法

E. 效用分析法

【答案】　AB

13. 以下关于投标人对投标文件涵义不明确的内容作必要澄清或说明的说法中，正确的有（　　）。

A. 投标人应当采用书面形式进行澄清或者说明

B. 澄清或者说明不得超出投标文件的范围

C. 澄清或者说明不得改变投标文件的实质性内容

D. 投标人可以采用书面形式，也可以口头形式进行澄清或者说明

E. 清或者说明不得超出投标文件的范围，但可以改变投标文件的实质性内容

【答案】　ABC

14. 投标人获取招标信息的渠道一般是（　　）。

A. 关系人传递的消息　　　　　　B. 公共媒介上采集的公开招标信息

C. 来自招标方的邀请　　　　　　D. 政府公开的物业管理信息

E. 房地产行政主管部门的推荐

【答案】　BC

15. 物业管理投标的主要风险来自于（　　）。

A. 招标人和招标物业　　　　　　B. 投标人

C. 竞争对手　　　　　　　　　　D. 政府

E. 现有管理物业

【答案】　ABC

16. 物业管理投标中，来自招标人和招标物业的风险有（　　）。

A. 招标方提出显失公平的特殊条件

B. 招标方未告知可能会直接影响投标结果的信息

C. 建设单位可能出现资金等方面的困难而造成项目无法正常进行

D. 因物业延迟交付使用而造成早期介入期限延长，招标方与其他投标人存在关联交易

E. 未对项目实施必要的可行性分析、评估、论证，从而造成投标决策和投标策略的失误

【答案】　ABCD

17. 物业管理投标中，来自于投标人的风险主要有（　　）。

A. 未对项目实施必要的可行性分析、评估、论证，从而造成投标决策和投标策略的

失误

B. 盲目作出服务承诺

C. 价格测算失误造成未中标或中标后亏损经营

D. 项目负责人现场答辩出现失误

E. 建设单位可能出现资金等方面的困难而造成项目无法正常进行

【答案】　ABCD

18. 物业管理投标中，来自于投标人的风险主要有（　　）。

A. 接受资格审查时出现不可预见或可预见但未作相应防范补救措施的失误

B. 投标资料（如物业管理方案、报价等）泄露

C. 投标人采取不正当的手段参与竞争，被招标方或评标委员会取消投标资格

D. 未按要求制作投标文件或送达投标文件造成废标

E. 因物业延迟交付使用而造成早期介入期限延长，招标方与其他投标人存在关联交易

【答案】　ABCD

19. 物业管理投标中，来自竞争对手的风险主要有（　　）。

A. 采取低于成本竞争、欺诈、行贿等不正当的竞争手段

B. 具备相关背景或综合竞争的绝对优势

C. 窃取他人的投标资料和商业秘密

D. 未按要求制作投标文件或送达投标文件造成废标

E. 因物业延迟交付使用而造成早期介入期限延长，招标方与其他投标人存在关联交易

【答案】　ABC

20. 投标文件又称标书，其组成部分一般包括（　　）。

A. 物业管理方案　　　　　　　　B. 投标函、投标报价表

C. 资格证明文件　　　　　　　　D. 资格预审申请书

E. 招标文件要求提供的其他材料

【答案】　ABCE

21. 物业管理投标的商务标的内容主要包括（　　）。

A. 物业管理方案

B. 公司简介

C. 公司法人地位及法定代表人证明

D. 投标报价单及招标文件要求提供的其他资料

E. 招标方要求提供的其他技术性资料

【答案】　BCD

22. 物业管理投标的技术标的内容主要包括（　　）。

A. 物业管理方案

B. 公司简介

C. 公司法人地位及法定代表人证明

D. 投标报价单及招标文件要求提供的其他资料

E. 招标方要求提供的其他技术性资料

【答案】　AE

三、问答题

物业管理项目评估主要包括哪些内容?

【答案要点】 物业管理项目评估主要包括的内容有以下几个方面:投标物业的基本情况,招标物业项目的定位,业主的需求,建设单位、物业产权人(含业主)、物业使用人的基本情况,招标条件和招标过程,竞争对手,企业自身条件的分析。

第三节　物业管理方案的制定

本节要点

制定物业管理方案的一般程序;制定物业管理方案的要求;制定物业管理方案的要点及方法。

复习题解

一、单项选择题

1. 编制物业管理方案的前提条件是(　　)。

A. 前期物业服务合同　B. 项目分析　　　　C. 早期介入　　　　D. 搜集资料

【答案】 B

2. 一般而言,商用类型的写字楼物业、综合性商业物业管理服务的重点及难点主要体现在(　　)。

A. 消防、污染控制及货物、人员的出入管理

B. 维护形象、内部特约服务、会议接待及庆典服务、安全及保密管理

C. 基础性的物业管理服务内容层面

D. 经营和设施设备管理等方面

【答案】 D

3. 一般而言,公用事业类型物业管理服务的重点及难点主要体现在(　　)。

A. 消防、污染控制及货物、人员的出入管理

B. 维护形象、内部特约服务、会议接待及庆典服务、安全及保密管理

C. 基础性的物业管理服务内容层面

D. 确保公用设施无故障的正常运行,对紧急事件的预防与处理

【答案】 D

4. 物业管理运作程序包括项目整体运作流程、内部运作流程与客户服务及需求信息反馈流程,一般进行展示的方法是(　　)。

A. 网络图　　　　　　B. 因果图　　　　　C. 流程图　　　　　D. 树状图

【答案】 C

5. 物业管理运作支持系统综合反映物业管理企业集中资源优势构建对项目的支持体系一般设计为(　　)的形式。

A. 流程图　　　　　　B. 表格　　　　　　C. 表格和流程图　　D. 表格或流程图

【答案】 D

二、多项选择题

1. 物业管理方案的基本内容主要包括（　　）。

A. 招标物业项目的整体设想与构思、管理方式与运作程序

B. 组织架构与人员配置、管理制度的制定、档案的建立与管理

C. 早期介入及前期物业管理服务内容、常规物业管理服务综述

D. 费用测算与成本控制、管理指标与管理措施、物资装备与工作计划

E. 利润分配方案和再投资计划

【答案】　ABCD

2. 物业管理方案中，体现物业企业管理理念、管理优势和企业综合竞争实力的关键内容包括（　　）。

A. 项目的整体设想与构思　　　　　　B. 组织架构与人员的配置

C. 费用测算与成本控制　　　　　　　D. 早期介入和前期物业管理服务内容

E. 管理方式、运作程序与管理措施

【答案】　ABCE

3. 以下是对物业管理服务需求的具体响应，也是具体实施物业管理各项服务的实质性方案的物业管理方案内容有（　　）。

A. 管理方式、运作程序与管理措施　　B. 管理制度的制定、档案的建立与管理

C. 常规物业管理服务综述、管理指标　D. 人员培训及管理、物资装备、工作计划

E. 早期介入和前期物业管理服务内容

【答案】　BCDE

4. 一般而言，政府物业管理的特殊性主要体现（　　）。

A. 基础性的物业管理服务　　　　　　B. 安全及保密管理

C. 会议接待及庆典服务　　　　　　　D. 内部特约服务

E. 维护政府形象

【答案】　BCDE

5. 物业管理服务模式要确定的最符合物业实际情况和业主需求的管理服务重点和主要措施包括（　　）。

A. 服务需求定位　　　　　　　　　　B. 客户定位

C. 物业的功能定位　　　　　　　　　D. 竞争态势定位

E. 服务方式定位

【答案】　ABC

6. 物业管理方式与运作程序的组成内容一般包括（　　）。

A. 组织构架的设置　　　　　　　　　B. 流程与支持系统的设计

C. 管理机制的确定　　　　　　　　　D. 人员配备

E. 人员管理

【答案】　ABC

7. 物业管理机制是反映物业管理企业实现项目物业管理服务目标的基础，一般组成内容包括（　　）。

A. 目标管理责任制　　　　　　　　　B. 员工培训机制

C. 激励机制　　　　　　　　　　　D. 监督机制

E. 组织构架系统

【答案】　ACD

8. 物业管理指标通常包括的组成部分有（　　　）。

A. 内部控制指标　　　　　　　　　B. 外部适应指标

C. 物业管理质量指标　　　　　　　D. 物业管理效益指标

E. 物业管理平衡指标

【答案】　CD

9. 以下物业管理制度中，属于公众制度的有（　　　）。

A. 精神文明建设、业主公约

B. 装修管理、消防管理、入住管理

C. 电梯使用管理、物业接管验收管理、公用设施维护管理

D. 工程技术管理、安防管理

E. 临时用水电管理、清洁卫生及垃圾处理

【答案】　ABCE

10. 以下物业管理制度中，属于内部管理制度的有（　　　）。

A. 岗位职责、员工考核、行政管理

B. 财务管理、客户服务

C. 电梯使用管理、物业接管验收管理、公用设施维护管理

D. 工程技术管理、安防管理

E. 临时用水电管理、清洁卫生及垃圾处理

【答案】　ABD

三、问答题

1. 制定物业管理方案的一般程序如何？

【答案要点】　制定物业管理方案的一般程序为：

（1）组织经营、管理、技术、财务人员参与物业管理方案的制定。

（2）对招标物业项目的基本情况进行分析，收集相关信息及资料。

（3）根据招标文件规定的需求内容进行分工、协作。

（4）确定组织架构和人员配置。

（5）根据物业资料及设施设备技术参数、组织架构及人员配置、市场信息、管理经验等情况详细测算物业管理成本。

（6）根据招标文件规定的物业管理需求内容制定详细的操作方案。

（7）测算物业管理服务费用（合同总价和单价）。

（8）对拟订的物业管理方案进行审核、校对、调整。

（9）排版、印制、装帧。

2. 制定物业管理方案有哪些要求？

【答案要点】　制定物业管理方案的要求包括：

（1）物业管理方案的内容、格式、投标报价必须符合招标文件（包括答疑文件）中对物业管理服务需求的规定，不能有缺项或漏项。

（2）方案的各项具体实施内容必须根据招标物业的基本情况和特点制定；整体方案必须是在调研、评估的基础上制定；方案的内容必须符合国家及地方法律、法规的规定。

（3）方案中对招标文件要求作出的实质性响应内容必须是投标企业能够履行的，包括各项服务承诺、工作目标及计划、具体项目的实施方案等。

（4）制定物业管理服务费用价格必须合理，具体实施内容应该在满足招标方（或业主）需求的基础上制定设计科学、运行经济的方案。如对于实行酬金制的物业管理项目，投标方不能为了取得稳定的利润而制定加大成本投入的方案；实行包干制的物业管理企业不能为了控制经营风险而制定影响服务质量的方案。

四、综合分析题

某物业业主大会甲拟采用招标方式选择物业管理公司，物业管理公司乙拟参加投标。请回答以下问题。

问题一、甲决定采用公开招标方式招标，除了通过公共媒介发布招标公告外，还需要在其中发布招标公告的媒体有（　　）。

A. 中国国家建设部网　　　　　　B. 中国房地产业协会网
C. 中国住宅与房地产信息网　　　D. 中国物业管理协会网

【答案】　CD

问题二、由于该项目规模较大，也比较复杂，投标人在获得招标文件后，招标人应统一安排投标人会议，称作（　　）。

A. 评审会议　　　B. 资格审查会议　　　C. 标前会议　　　D. 招标人会议

【答案】　C

问题三、若甲方是建设单位，招标管理对象是新建物业，甲方可以如何选择物业管理单位？

【答案要点】

（1）招标方式：可以选择邀请招标和公开招标。邀请招标应当向3个以上物业管理企业发出招标邀请。公开招标应当通过公开媒体发布招标公告，并同时在中国住宅与房地产信息网与中国物业管理协会网上发布招标公告。

（2）发布招标文件，组织标前会议。

（3）投标申请人资格预审。

（4）接受投标文件。

（5）成立评标委员会，评标，中标，签订合同。

（6）如果投标人少于3个或住宅规模较小，经物业所在地的区县房地产行政主管部门批准，可以采用协议方式选聘具有相应资质的物业管理企业。

问题四、乙方在获取招标信息后首先需要做什么？包括哪些内容？

【答案要点】

（1）组织经营管理、专业技术和财务等方面的人员对招标物业进行项目评估。

（2）具体内容包括：投标物业的基本情况，招标物业项目的定位，业主的需求，建设单位、物业产权人（含业主）、物业使用人的基本情况，包括其背景资料以了解是否有诚意合作并具备履约合同的实力，招标条件和招标过程，竞争对手，企业自身条件分析。

第三章　物业管理合同

本部分的考试目的是测试考生对前期物业服务合同和物业服务合同的主要内容以及合同的订立、履行、终止等相关知识的掌握程度和综合运用情况。

掌握：前期物业服务合同和物业服务合同的主要内容和区别。

熟悉：签订前期物业服务合同及物业服务合同的注意事项，业主公约和临时业主公约的制定与宣传。

了解：合同要约与承诺，合同签订的基本原则，有效合同的构成要件，其他物业管理合同。

重点内容

1. 合同的有关知识
2. 前期物业服务合同
(1) 前期物业服务合同及其主要内容；
(2) 签订前期物业服务合同的注意事项。
3. 物业服务合同
(1) 物业服务合同与前期物业服务合同的主要区别；
(2) 物业服务合同的终止。
4. 业主公约和临时业主公约
5. 其他物业管理相关合同

第一节　合同的概念

本节要点

合同要约的概念、合同要约的构成要件、合同要约与要约邀请的区别；主要要约邀请的种类；合同要约的法律意义；合同承诺的构成要件及其法律意义；合同的要件；口头合同、书面合同、事实合同、行为合同的概念；合同订立的基本原则。

复习题解

一、单项选择题

1. 拍卖过程中出价人每次竞买的出价为（　　）。

A. 要约　　　　　　　　B. 邀请要约　　　　　　C. 反要约　　　　　　D. 承诺

【答案】　A

2. 拍卖过程中，拍卖师击槌为（　　）。

A. 要约　　　　　　　B. 邀请要约　　　　　C. 反要约　　　　　D. 承诺

【答案】 D

3. 受要约人认为要约中有些内容不能接受，并提出修改意见，称为（　　）。

A. 要约　　　　　　　B. 邀请要约　　　　　C. 反要约　　　　　D. 承诺

【答案】 C

4. 拍卖广告属于（　　）。

A. 要约　　　　　　　B. 邀请要约　　　　　C. 反要约　　　　　D. 承诺

【答案】 D

5. 招标属于（　　）。

A. 要约　　　　　　　B. 邀请要约　　　　　C. 反要约　　　　　D. 承诺

【答案】 D

6. 投标属于（　　）。

A. 要约　　　　　　　B. 邀请要约　　　　　C. 反要约　　　　　D. 承诺

【答案】 A

7. 撤回承诺的通知应当在（　　）。

A. 承诺通知到达要约人之前

B. 与承诺通知同时到达要约人

C. 承诺通知到达要约人之前或者与承诺通知同时到达要约人

D. 承诺通知到达要约人之前或者与承诺通知同时到达要约人或在受要约人作出承诺前

【答案】 C

8. 合同的订立是基于（　　）的原则。

A. 国家的强制力得以体现　　　　　B. 契约自由

C. 订立保护，不订立不保护　　　　D. 动态监督

【答案】 B

9. 契约自由建立的基础是（　　）。

A. 当事人的真实意思表示　　　　　B. 当事人的真实意思表示

C. 合同的形式合法　　　　　　　　D. 合同的内容合法

【答案】 A

10. 合同要件是合同生效的（　　）。

A. 主要条件　　　　B. 基本条件　　　　C. 充要条件　　　　D. 完全条件

【答案】 B

11. 合同法的最高要求是（　　）。

A. 主体平等、合同自由　　　　　　B. 权利义务公平对等

C. 诚实信用　　　　　　　　　　　D. 守法和维护社会公益

【答案】 D

12. 民法、合同法的最基本原则是（　　）。

A. 主体平等、合同自由　　　　　　B. 权利义务公平对等

C. 诚实信用　　　　　　　　　　　D. 守法和维护社会公益

【答案】 C

13. 合同的公平原则要求（　　　）。

A. 形式的公平　　　　　　　　　　B. 主体的公平

C. 实质的公平　　　　　　　　　　D. 形式的公平和实质的公平

【答案】 D

14. 当事人双方不直接用口头或者书面形式进行意思表示，而是通过实施某种具体行为方式进行意思表示所达成的协议称为（　　　）。

A. 现实合同　　　　B. 事实合同　　　　C. 真实合同　　　　D. 实际合同

【答案】 B

二、多项选择题

1. 在商品交易中，一方当事人以缔约合同为目的，向另一方当事人作出希望与其订立合同的意思表示称为（　　　）。

A. 邀请　　　　　　　　　　　　　B. 要约

C. 发盘　　　　　　　　　　　　　D. 出盘

E. 出价

【答案】 BCDE

2. 合同要约的构成要件包括（　　　）。

A. 要约必须是特定人的意思表示，必须具有订立合同的意图

B. 要约必须包括合同的主要内容，并且内容必须具体确定

C. 要约必须传达到受要约人才能生效

D. 如果要约人虽有要约但未传达，或要约因信件遗失等原因而不能传达，则该要约不发生任何效力

E. 所有的订约提议都可以构成要约

【答案】 ABCD

3. 以下不属于要约，属于邀请要约的有（　　　）。

A. 拍卖广告　　　　　　　　　　　B. 标价

C. 招标　　　　　　　　　　　　　D. 投标

E. 一般广告

【答案】 ABCE

4. 以下属于承诺的有（　　　）。

A. 拍卖师击槌　　　　　　　　　　B. 确定中标

C. 投标　　　　　　　　　　　　　D. 参加竞拍

E. 广告

【答案】 AB

5. 受要约人按照要约规定的时间和方式，用语言或行为对要约表示完全接受以缔约合同的一种意思表示为（　　　）。

A. 承诺　　　　　　　　　　　　　B. 接受

C. 收盘　　　　　　　　　　　　　D. 发盘

E. 出盘

【答案】　ABC

6. 合同承诺的构成要件包括（　　　）。

A. 承诺必须在要约的有效时间内作出

B. 承诺必须与要约的内容一致

C. 承诺必须传达给要约人

D. 非受要约人或未获得授权的代理人也可以作出承诺

E. 承诺必须由受要约人或其代理人作出

【答案】　ABCE

7. 以下关于要约和承诺的说法中，正确的有（　　　）。

A. 要约就是订立合同的意思表示，承诺就是对要约的接受

B. 要约人在要约中提出合同的基本条件，并表明愿意以此条件订立合同。一旦受要约人同意，合同即成立，双方均应受合同的约束

C. 如果受要约人认为要约中有些内容不能接受，并提出修改建议，称为反要约

D. 要约一经承诺，合同即告成立

E. 承诺是指受要约人按照要约规定的时间和方式，用语言或行为对要约表示部分接受以缔结合同的一种意思表示

【答案】　ABCD

8. 合同的要件即有效合同应当具备的必要条件包括（　　　）。

A. 当事人的缔约能力　　　　　　　　B. 当事人的真实意思表示

C. 合同的内容合法　　　　　　　　　D. 合同的形式合法

E. 合同需要公正

【答案】　ABCD

9. 要约不得撤销的情形有（　　　）。

A. 受要约人认为要约是不可撤销的，并已经为履行合同作了准备工作

B. 受要约人有理由认为要约是不可撤销的

C. 受要约人已经为履行合同作了准备工作

D. 受要约人有理由认为要约是不可撤销的，并已经为履行合同作了准备工作

E. 要约人确定了承诺期限或者以其他形式明示要约不可撤销

【答案】　DE

10. 以下属于书面合同的有（　　　）。

A. 当事人通过电话以及第三人从中撮合、转达意思达成一致的表示

B. 前期物业服务合同

C. 契约书

D. 公约

E. 电传、信件、电报、传真、电子数据交换以及电子邮件等通信工具或形式达成的协议

【答案】　BCDE

11. 合同签订应遵循的基本原则包括（　　　）。

A. 主体平等、合同自由　　　　　　　B. 权利义务公平对等

C. 诚实信用   D. 守法和维护社会公益

E. 书面形式为主

【答案】 ABCD

12. 对于显失公平的合同，当事人一方有权要求（　　）予以撤销或变更。

A. 当地人民政府   B. 工商行政主管部门

C. 法院   D. 人民检察院

E. 仲裁机构

【答案】 CE

13. 诚实信用原则具有的基本功能包括（　　）。

A. 制约合同自由原则的滥用   B. 确定行为规则

C. 平衡利益冲突   D. 解释法律和合同

E. 维护社会公益

【答案】 BCD

14. 维护社会公益原则，也就是公序良俗原则，包括（　　）。

A. 主体平等   B. 社会公德

C. 公共秩序   D. 善良风俗

E. 契约自由

【答案】 BCD

15. 合同自由的原则其涵义包括（　　）的自愿和自由。

A. 缔结合同和解释合同   B. 选择缔约相对人

C. 选择合同形式   D. 决定合同内容

E. 执行法律

【答案】 ABCD

第二节　前期物业服务合同

本节要点

前期物业服务合同的概念、主要内容；前期物业服务合同的当事人；签订前期服务合同需要注意的事项。

复习题解

一、单项选择题

1. 负责选择前期物业管理服务企业的是（　　）。

A. 业主   B. 业主委员会

C. 建设单位   D. 地方房地产行政主管部门

【答案】 C

2. 前期物业服务合同的当事人是（　　）。

A. 建设单位和业主   B. 建设单位和物业管理单位

C. 物业管理单位和业主　　　　　　　　D. 建设单位、物业管理单位和业主

【答案】 B

3. 前期物业服务合同的履行受业主入住状况及房屋工程质量等各种因素的影响，合同的期限具有不确定性和（ 　 ）。

A. 独立性　　　　B. 有偿性　　　　C. 不确定性　　　　D. 收益性

【答案】 D

二、多项选择题

1. 以下关于前期物业服务合同的说法中，正确的有（ 　 ）。

A. 前期物业服务合同是指物业建设单位与物业管理企业就前期物业管理阶段双方的权利义务所达成的协议

B. 前期物业服务合同的当事人是建设单位与物业管理企业，与业主无关

C. 建设单位与物业买受人签订的买卖合同应当包含前期物业服务合同约定的内容

D. 前期物业服务合同的当事人不仅涉及到建设单位与物业管理企业，也涉及到业主

E. 在业主、业主大会选聘物业管理企业之前，由建设单位选聘物业管理企业的，应当签订书面的前期物业服务合同

【答案】 ACDE

2. 以下需要在物业服务前期合同中约定的有（ 　 ）。

A. 物业共用部位、共用设施设备的承接验收内容

B. 物业共用部位、共用设施设备的承接验收标准

C. 物业共用部位、共用设施设备的承接验收责任

D. 业主自有物业专有部分的承接验收

E. 物业服务的费用

【答案】 ABCE

三、问答题

前期物业服务合同的主要内容有哪些？

【答案要点】 前期物业服务合同的主要内容有：

（1）合同的当事人：物业服务合同的当事人就是建设单位与物业管理企业。

（2）物业基本情况：物业基本情况包括物业名称、物业类型、坐落位置、建筑面积等。

（3）服务内容与质量：服务内容主要包括：物业共用部位及共用设施设备的运行、维修、养护和管理；物业共用部位和相关场地环境管理；车辆停放管理；公共秩序维护、安全防范的协助管理；物业装饰装修管理服务；物业档案管理及双方约定的其他管理服务内容等。前期物业管理服务应达到约定的质量标准。

（4）服务费用：服务费用包括：物业服务费用的收取标准、收费约定的方式（包干制或酬金制）；物业服务费用开支项目；物业服务费用的缴纳；酬金制条件下，酬金计提方式、服务资金收支情况的公布及其争议的处理等。

（5）物业的经营与管理：物业的经营与管理包括：停车场和会所的收费标准、管理方式、收入分配办法；物业其他共用部位共用设施设备经营管理经营与管理。

（6）承接查验和使用维护：承接查验和使用维护的主要内容包括：执行过程中双方责任义务的约定。

（7）专项维修资金：专项维修资金的主要内容包括资金的缴存、使用、续筹和管理。

（8）违约责任：这部分内容主要包括违约责任的约定和处理、免责条款的约定等。

（9）其他事项：其他事项主要包括合同履行期限、合同生效条件、合同争议处理、物业管理用房、物业管理相关资料归属以及双方认为需要约定的其他事项等。

第三节　物业服务合同

本节要点

物业服务合同的概念、物业服务合同的特点；物业服务合同与前期物业服务合同的主要区别；物业服务合同的成立、生效；签订物业服务合同应注意的事项；物业服务合同终止的原因。

复习题解

一、单项选择题

1. 物业服务合同的当事人是（　　）。

A. 建设单位和业主　　　　　　　　B. 建设单位和物业管理单位

C. 物业管理单位和业主　　　　　　D. 建设单位、物业管理单位和业主

【答案】　C

2. 对物业服务合同的主要条款的要求是（　　）。

A. 宜细不宜粗　　　　　　　　　　B. 宜粗不宜细

C. 公平、协调、高要求　　　　　　D. 全面、完整、保密

【答案】　A

二、多项选择题

1. 与前期物业服务合同相比，物业服务合同具有的特点包括（　　）。

A. 期限明确　　　　　　　　　　　B. 不确定性

C. 稳定性强　　　　　　　　　　　D. 收益性

E. 强制性

【答案】　AC

2. 合同履行中，由于下列事件发生一方当事人违约给另外一方造成损失的，违约方应该免于赔偿的有（　　）。

A. 违约方疏忽　　　　　　　　　　B. 战争

C. 地震　　　　　　　　　　　　　D. 海啸

E. 动乱

【答案】　BCDE

3. 物业服务合同终止的情形包括（　　）。

A. 物业管理企业变更注册地址、法定代表人、名称

B. 物业管理企业如果被宣告破产，应按照国家规定进行破产清算，物业管理合同自然无法继续履行

C. 因不可抗力致使物业服务合同无法履行的，物业服务合同将自然终止

D. 物业管理企业与业主大会双方协商一致解除合同的，以及法律、法规规定的其他情形

E. 物业服务合同约定的期限届满，双方没有续签合同的

【答案】 BCDE

4. 对有争议的物业服务合同的解决途径包括（ ）。

A. 友好协商   B. 由约定的仲裁委员会仲裁

C. 向人民法院起诉   D. 由物业管理单位解释

E. 听从业主大会意见

【答案】 ABC

三、问答题

物业服务合同的特点有哪些？

【答案要点】 物业服务合同的特点有：

（1）一般情况下，产权多元化的物业管理区域是由业主委员会在业主大会的授权下作为合同主体与物业管理企业签订物业服务合同。

（2）物业管理涉及群众的日常生活以及城市的正常秩序，因此各级政府行政机关有必要介入、指导和监督物业管理活动。

（3）在订立物业服务合同时，应明确不但业主或物业使用人要支付在物业管理服务过程中所发生的相关费用，物业管理企业还应取得一定的酬金或利润，物业管理服务是有偿性质。

（4）物业管理区域内的全体业主作为物业服务合同的一方主体，一般不可能在选择物业管理服务以及选择物业管理企业方面形成一致的看法，其中的单个业主或部分业主，也不可能拒绝某种物业管理服务或某个物业管理企业。因此，只要通过法定的多数投票权数，所有业主都必须承担相应的物业服务合同责任。

第四节 业主公约和其他物业管理合同

本节要点

业主公约的概念；其他物业服务合同的种类。

复习题解

一、单项选择题

1. 业主公约正式订立的时间是（ ）。

A. 物业销售前   B. 物业销售阶段   C. 物业入住阶段   D. 首次业主大会召开

【答案】 D

2. 临时业主公约正式订立的时间是（ ）。

A. 物业销售前   B. 物业销售阶段   C. 物业入住阶段   D. 首次业主大会召开

【答案】 A

3. 临时业主公约的订立者是（　　）。

A. 建设单位　　　　　B. 物业管理单位　　　C. 业主大会　　　D. 业主委员会

【答案】　A

4. 业主公约的订立者是（　　）。

A. 建设单位　　　　　B. 物业管理单位　　　C. 业主大会　　　D. 业主委员会

【答案】　C

5. 物业开发建设过程中涉及到物业管理活动的合同包括（　　）。

A. 供水供电有偿委托合同、电梯保养维修合同

B. 土地使用合同和售房合同

C. 装饰装修管理服务合同

D. 清洁承包合同、垃圾清运合同

【答案】　B

6. 物业管理企业与业主或物业使用人所订立的其他合同有（　　）。

A. 供水供电有偿委托合同、电梯保养维修合同

B. 土地使用合同和售房合同

C. 装饰装修管理服务协议、车位使用协议、施工监管协议

D. 清洁承包合同、垃圾清运合同

【答案】　C

7. 物业管理企业在管理服务活动中与相关单位签订的合同有（　　）。

A. 供水供电有偿委托合同

B. 土地使用合同和售房合同

C. 装饰装修管理服务协议、车位使用协议、施工监管协议

D. 清洁承包合同、垃圾清运合同、电梯保养维修合同

【答案】　D

二、多项选择题

其他物业管理合同包括（　　）。

A. 物业服务合同和前期物业服务合同　　　B. 土地使用合同和工程建设合同

C. 售房合同、装饰装修管理服务合同　　　D. 清洁承包合同、垃圾清运合同

E. 供水供电有偿委托合同、电梯保养维修合同

【答案】　BCDE

第四章　早期介入与前期物业管理

考试要点

本部分的考试目的是测试考生对物业管理早期介入与前期管理相关法规和知识的掌握程度和实践操作的综合运用能力。

掌握：物业管理早期介入与前期管理的相关法规，实践运作的主要内容，早期介入与前期管理两者之间的区别。

熟悉：早期介入的作用，前期管理的特点。

了解：早期介入的必要性，早期介入各阶段的介入方法和介入要点。

重点内容

1. 物业管理早期介入与前期管理的相关法规

2. 物业管理早期介入

(1) 早期介入的必要性；

(2) 早期介入的作用；

(3) 早期介入的内容。

3. 物业管理前期管理

(1) 物业项目前期管理运作的主要内容；

(2) 物业项目的工程质量保修；

(3) 前期物业管理的沟通协调。

第一节　早 期 介 入

本节要点

早期介入的必要性、早期介入不同阶段（可行性研究阶段、规划设计阶段、建设阶段、销售阶段、竣工验收阶段）的内容、方法、要点。

复习题解

一、单项选择题

1. 从物业承接查验开始至业主大会选聘物业管理企业为止的物业管理阶段为（　　）。

A. 早期介入　　　B. 前期物业管理　　　C. 物业管理　　　D. 前期策划

【答案】　B

2. 物业管理企业就物业的结构布局、功能方面提出改进建议的早期介入内容属于（　　）阶段。

A. 可行性研究   B. 规划设计阶段   C. 建设阶段   D. 销售阶段

【答案】 B

3. 为建设单位提供设备的设置、选型和服务方面的改进意见是（   ）阶段早期介入的内容。

A. 可行性研究   B. 规划设计阶段   C. 建设阶段   D. 销售阶段

【答案】 B

4. 就物业管理用房、社区活动场所等公共配套建筑、设施、场地的设置、要求等提出意见是（   ）阶段早期介入的内容。

A. 可行性研究   B. 规划设计阶段   C. 建设阶段   D. 销售阶段

【答案】 B

5. 某物业管理企业受聘在售楼前对售楼人员进行物业管理培训，属于（   ）阶段的早期介入。

A. 规划设计阶段   B. 竣工验收   C. 建设阶段   D. 销售阶段

【答案】 D

二、多项选择题

1. 以下关于早期介入的说法中，正确的有（   ）。

A. 早期介入对开发建设单位而言并非强制性要求，而是根据项目和管理需要进行选择

B. 早期介入是建设单位开发建设物业阶段引入的物业管理专业技术支持

C. 早期介入由建设单位根据约定支付早期介入服务费

D. 早期介入是物业管理企业对新物业项目实施的物业管理服务

E. 早期介入是指新建物业竣工之后，建设单位根据需要所引入的物业管理活动

【答案】 ABC

2. 物业建设和销售过程中，建设项目由于多种原因往往会存在一些问题，主要表现在（   ）。

A. 物业规划设计和施工安装存在问题

B. 建设单位不按规定提供物业管理的基础条件

C. 工程质量保修和工程遗留问题处理不及时

D. 建设单位从自身利益的考虑，将部分开发建设的责任和义务转嫁给物业单位承担

E. 建设单位在售房时向业主作出不合理的物业管理承诺，使物业管理企业承担不合理的责任

【答案】 ABCE

3. 在规划设计阶段，物业管理早期介入的方法和要点有（   ）。

A. 参与有关规划设计的讨论会，并从使用、维护、管理、经营以及未来功能的调整和物业保值、增值等角度，对设计方案提出意见或建议

B. 帮助建设单位优化设计或从使用维护等角度上对设计方案进行调整，使项目在总体上更能满足客户的需求，从而有利于促进项目的成功，降低开发风险

C. 从确定的目标客户的角度考虑问题。在设计上比较物业建设、使用、维护的成本与目标客户的需求及经济承受能力，使业主、建设单位服从物业管理企业的目标利益

D. 要贯彻可行性研究阶段所确定的物业管理总体规划的内容和思路，保证总体思路的

一致性、连贯性和持续性

E. 对分期开发的物业项目、共用配套设施设备和环境等方面的配置在各期之间的过渡性安排提供协调意见。

【答案】 ABDE

4. 建设阶段物业管理早期介入的内容有（　　）。

A. 与建设单位、施工单位就施工中发现的问题共同商榷，及时提出并落实整改方案

B. 配合设备安装，确保安装质量

C. 对内外装修方式、用料及工艺等从物业管理的角度提出意见

D. 熟悉并记录基础及隐蔽工程、管线的铺设情况，特别注意那些在设计资料或常规竣工资料中未反映的内容

E. 对分期开发的物业项目、共用配套设施设备和环境等方面的配置在各期之间的过渡性安排提供协调意见

【答案】 ABCD

5. 某物业管理企业前期介入某房地产开发项目，并针对该项目情况为建设单位提出了咨询性意见，属于建设阶段的内容的有（　　）。

A. 提供了单元门的安装意见

B. 对智能化系统的设计提供了主导性意见

C. 安排机电技术人员全员跟踪机电设施设备的安装

D. 做好前期物业管理的准备工作

E. 整理并全面完成物业管理方案

【答案】 ACD

6. 物业管理企业参与的竣工验收包括（　　）。

A. 单项工程竣工验收　　　　　　B. 分期工程竣工验收

C. 综合竣工验收　　　　　　　　D. 大市政工程竣工验收

E. 家庭装修工程竣工验收

【答案】 ABC

7. 物业公司早期介入的作用有（　　）。

A. 增加业主对物业公司的了解　　B. 优化设计和有助于提高工程质量

C. 有利于了解物业情况　　　　　D. 为前期物业管理作充分准备

E. 有助于提高建设单位的开发效益

【答案】 BCDE

8. 要做好对物业及其配套设施设备的运行管理和维修养护，物业管理单位必须了解的情况包括（　　）。

A. 建筑结构　　　　　　　　　　B. 管线走向

C. 设备安装　　　　　　　　　　D. 施工队伍

E. 承包单位

【答案】 ABC

三、问答题

1. 可行性研究阶段物业管理早期介入的内容有哪些？

【答案要点】　可行性研究阶段物业管理早期介入的内容有：①根据物业建设及目标客户群的定位确定物业管理的模式；②根据规划和配套确定物业管理服务的基本内容；③根据目标客户情况确定物业管理服务的总体服务质量标准；④根据物业管理成本初步确定物业管理服务费的收费标准；⑤设计与客户目标相一致并具备合理性能价格比的物业管理框架性方案。

2. 在可行性研究阶段，物业管理早期介入的方法和要点有哪些？

【答案要点】　在可行性研究阶段，物业管理早期介入的方法和要点有：①组织物业管理专业人员向建设单位提供专业咨询意见，同时对未来的物业管理进行总体策划。②除对物业档次定位外，还应考虑物业的使用成本。③选用知识面广、综合素质高、策划能力强的管理人员承担项目管理工作。

3. 销售阶段物业管理早期介入的内容包括哪些？

【答案要点】　销售阶段物业管理早期介入的内容包括：①完成物业管理方案及实施进度表；②拟定物业管理的公共管理制度；③拟定各项费用的收费标准及收费办法，必要时履行各种报批手续；④对销售人员提供必要的物业管理基本知识培训；⑤派出现场咨询人员，在售楼现场为客户提供物业管理咨询服务；⑥将全部早期介入所形成的记录、方案、图纸等资料，整理后归入物业管理档案。

4. 销售阶段物业管理早期介入的方法和要点有哪些？

【答案要点】　销售阶段物业管理早期介入的方法和要点有：①准确全面展示未来物业管理服务内容。有关物业管理的宣传及承诺，包括各类公共管理制度，一定要符合法规，同时要实事求是。在销售物业时应根据物业管理的整体策划和方案进行，不应为了促销而夸大其辞，更不能作出不切实际的承诺。②征询业主对物业管理服务需求意见，并进行整理，以此作为前期物业管理服务方案的制定和修正依据。

第二节　前期物业管理

本节要点

工程质量保修期内工程保修责任；前期物业管理期间物业管理活动涉及的单位及其类别；前期物业管理的特点。

复习题解

一、单项选择题

1. 下列不属于前期物业管理期间物业管理企业从事的活动和提供的服务的是（　　　）。

A. 物业正常使用期间所需要的常规性服务内容

B. 业主入住

C. 工程质量保修处理

D. 配合设备安装，确保安装质量

【答案】　D

2. 在物业的质量保修期间，业主产权专有部分向建设单位申报提出处理要求，由（　　）负责。

A. 业主　　　　　　　B. 物业管理企业　　　　C. 业主委员会　　　　D. 业主大会

【答案】　A

3. 在物业的质量保修期间，业主产权专有部分的保修由（　　）负责。

A. 建设单位　　　　　B. 施工单位　　　　　　C. 监理单位　　　　　D. 物业管理企业

【答案】　A

4. 物业管理企业承接管理的物业公共区域及共用设施设备等部分的保修事务的负责单位是（　　）。

A. 建设单位　　　　　B. 物业管理单位　　　　C. 业主委员会　　　　D. 施工单位

【答案】　B

5. 物业管理企业的工程保修责任，主要是（　　）。

A. 接受业主关于产权专有部分质量处理要求，及时给与维修

B. 接受业主关于产权专有部分质量处理要求，及时转告建设单位

C. 向建设单位申报对物业共用区域及其设施设备的质量保修，跟踪并督促完成

D. 对物业共用区域及其设施设备的及时维修处理

【答案】　C

二、多项选择题

1. 以下属于前期物业管理的特殊内容的有（　　）。

A. 装修管理　　　　　　　　　　　　B. 工程质量保修处理

C. 物业共用部位、共用设施设备承接查验　　D. 业主入住

E. 完成物业管理方案及实施进度表

【答案】　ABCD

2. 以下物业管理涉及的单位和部门中，直接涉及的有（　　）。

A. 社区居民委员会　　　　　　　　　B. 物业管理企业

C. 城市供水、供电等公共事业单位　　D. 交通、人防、环卫等行政管理部门

E. 开发建设单位

【答案】　ABE

三、问答题

1. 前期物业管理的内容包括哪些？

【答案要点】　在前期物业管理期间，物业管理企业从事的活动和提供的服务，既包含物业正常使用期所需要的常规服务内容，又包括物业共用部位、共用设施设备承接查验，业主入住，装修管理，工程质量保修处理，物业管理项目机构的前期运作、前期沟通协调等前期物业管理的特殊内容。

2. 前期物业管理有哪些特点？

【答案要点】　前期物业管理的特点包括：

（1）前期物业管理的特定内容是以后常规期物业管理的基础，对常规期物业管理有着直接和重要的影响。

（2）前期物业管理在时间和管理上均是一个过渡时期和过程。

（3）前期物业管理明显呈现管理服务的波动和不稳定状态。

（4）前期物业管理阶段的经营收支一般呈现收入少、支出多、收支不平衡和亏损状态。

四、综合分析题

（一）某城市住房开发项目为中高层，项目分三期建设。甲物业管理公司拟早期介入该项目。

1. 甲物业管理公司可以早期介入该项目的阶段包括（　　）。

A. 前期物业管理阶段　　B. 规划设计阶段　　C. 建设阶段　　D. 销售阶段

【答案】　BCD

2. 甲物业管理公司应该与（　　）签订服务合同。

A. 业主大会　　　　　　B. 业主委员会　　　C. 建设单位　　　D. 施工单位

【答案】　C

3. 甲公司前期介入该项目，应该支付服务费的是（　　）。

A. 甲公司　　　　　　　B. 建设单位　　　　C. 施工单位　　　D. 业主大会

【答案】　B

4. 甲公司就物业环境及配套设施的合理性、适应性提出意见或建议应该在（　　）阶段。

A. 前期物业管理阶段　　B. 规划设计阶段　　C. 建设阶段　　D. 销售阶段

【答案】　B

5. 在项目建设阶段，甲公司可以从事的工作内容包括（　　）。

A. 与建设单位、施工单位就施工中发现的问题共同商榷，及时提出并落实整改方案

B. 配合设备安装，确保安装质量

C. 对内外装修方式、用料及工艺等从物业管理的角度提出意见

D. 参与竣工验收

【答案】　ABC

6. 在物业竣工验收后，工程进入质量保修期。在物业前期管理阶段，保修期内出现以下保修事务应由建设单位负责的有（　　）。

A. 物业管理企业承接管理的物业共用区域及共用设施设备等部分

B. 业主从建设单位购买的产权专有部分

C. 业主自行安装改造的暖气设备

D. 物业范围内的公共区域内市政给水管网设施压力爆破

【答案】　AB

（二）某住宅小区为多高层混合小区，在建设阶段甲物业管理公司早期介入了该工程，如果你是该物业管理公司的高级管理者，你应该从哪些方面为建设单位提供建议，方便今后的物业管理服务？在前期物业管理期间，会存在哪些工程质量保修责任，在保修期内，保修责任是谁？作为物业管理公司，你应该如何处理？

【答案要点】

（1）与建设单位、施工单位就施工中发现的问题共同商榷，及时提出并落实整改方案；配合设备安装，确保安装质量；对内外装修方式、用料及工艺等从物业管理的角度提出意见；熟悉并记录基础及隐蔽工程、管线的敷设情况。

（2）物业工程质量保修分为两个部分：一是业主从建设单位购买的产权专有部分；二是物业管理企业承接管理的共有区域及共用设施设备部分。

（3）这两个部分的保修事务都应由建设单位承担。

（4）作为物业管理企业，主要是向建设单位申报对物业共用区域及共用设施设备的质量保修，跟踪并督促完成。业主专有部分由业主自行向建设单位提出处理要求，也可以向物业管理企业反映，物业管理企业负责转告建设单位。

第五章 物业的承接查验

本部分的考试目的是测试应考人员对物业承接查验相关法规和物业承接查验运作内容及方法等知识的掌握程度和综合运用能力。

掌握：物业承接查验的相关法规、主要内容和基本方法；新建物业承接查验与物业管理机构更迭时承接查验的区别。

熟悉：物业移交的主要内容，承接查验所发现问题的处理，物业管理工作的移交。

了解：物业承接查验的准备工作，物业移交的注意事项。

重点内容

1. 物业承接查验的相关法规
2. 新建物业的承接查验
（1）新建物业承接查验的准备工作；
（2）新建物业承接查验的主要内容；
（3）新建物业承接查验的方式；
（4）物业承接查验中发现问题的处理。
3. 物业管理机构更迭时的承接查验
（1）物业管理机构更迭时，新的物业管理企业实施物业承接查验的前提条件；
（2）物业管理机构更迭时物业承接查验的准备工作；
（3）物业管理机构更迭时物业承接查验的基本内容。
4. 物业管理工作的移交
（1）新建物业的移交；
（2）物业管理机构更迭时物业管理工作的移交；
（3）物业管理机构更迭时物业管理工作移交的注意事项。

第一节 新建物业承接查验

本节要点

新建物业承接查验的准备工作内容；物业查验的主要内容和惩戒承接查验所发现问题的处理方法。

复习题解

一、单项选择题

1. 物业的承接查验是指物业管理企业对新接管项目的（   ）设备进行承接查验。

A. 物业全部   B. 物业业主产权部分

C. 物业重要部位   D. 物业共用部位、共用设施

【答案】 D

2. 物业的承接查验分为（   ）。

A. 单项工程承接查验、分期工程承接查验和综合工程承接查验

B. 业主入住交房的承接查验和物业管理单位承接查验

C. 新建物业的承接查验和物业管理机构更迭时的承接查验

D. 建筑物承接查验、基础设施承接查验、配套设施承接查验和公共部位承接查验

【答案】 C

3. 新建物业的承接查验的发生在（   ）。

A. 物业竣工验收合格后，物业管理企业于业主入住之前

B. 建设工程的竣工验收同时

C. 物业管理企业于业主入住之时

D. 物业竣工验收合格后，物业管理企业于业主入住之前或建设工程的竣工验收同时

【答案】 D

4. 物业管理企业对物业进行查验之后将发现的问题（   ）。

A. 自行组织处理   B. 待到业主入住时向业主说明

C. 提交建设单位处理   D. 直接与承包商交涉处理

【答案】 C

5. 物业管理的承接查验主要的方式是（   ）。

A. 感官查验   B. 核对查验   C. 使用查验   D. 检测查验

【答案】 B

6. 工程质量问题整理出来之后，由（   ）提出处理方法。

A. 物业管理单位   B. 施工单位   C. 设计单位   D. 建设单位

【答案】 D

二、多项选择题

1. 在办理物业承接验收手续时，物业管理企业应接收查验的物业资料有（   ）。

A. 主体结构及外墙、屋面

B. 物业管理所必需的其他资料

C. 物业质量保修文件和物业使用说明文件

D. 设施设备的安装、使用和维护保养等技术资料

E. 竣工总平面图，单体建筑、结构、设备竣工图，配套设施、地下管网工程竣工图等
竣工验收资料

【答案】 BCDE

2. 物业查验的主要内容包括（   ）。

A. 业主资料   B. 物业资料

C. 物业公共部位   D. 公用设施设备

E. 园林绿化工程和其他公共配套设施

【答案】 BCDE

3. 物业公用部位包括（　　　）。

A. 主体结构及外墙、屋面　　　　　　　　B. 公共卫生间、阳台

C. 公共走廊、楼道及其扶手、护栏　　　　D. 防雷和接地

E. 公用部位楼面、地面、内墙面、顶棚、门窗

【答案】　ABCE

4. 物业共用设施设备承接查验的主要内容有（　　　）。

A. 低压配电设施、柴油发电机组

B. 电器照明、插座装置，防雷与接地

C. 给水排水、电梯，消防水系统，通信网络系统，火灾报警及消防联动系统

D. 排烟送风系统、安全防范系统、采暖和空调

E. 停车场、物业大门、治安岗亭、运动场地

【答案】　ABCD

5. 物业查验除了采用核对的方式外，在现场检查、设备调试等情况下还可以采用的具体方法有（　　　）。

A. 观感查验　　　　　　　　　　　　　　B. 使用查验

C. 询问查验　　　　　　　　　　　　　　D. 检测查验

E. 试验查验

【答案】　ABDE

6. 发生物业工程质量问题的原因主要有（　　　）。

A. 设计方案不合理或违规范造成的设计缺陷

B. 施工单位不按规范施工或施工工艺不合理甚至偷工减料

C. 验收检查不细、把关不严；建材质量不合格；建设单位管理不善

D. 气候、环境、自然灾害等其他原因

E. 验收时人为观测错误引起的工程质量问题

【答案】　ABCD

第二节　物业管理机构更迭时的承接查验

本节要点

准备工作中的符合承接查验的条件、成立的承接查验小组的要求；物业查验的基本内容。

复习题解

一、单项选择题

1. 在物业管理机构发生更迭时的物业查验的费用和收支情况不包括（　　　）。

A. 原物业管理机构的人员薪金　　　　　　B. 物业服务费

C. 停车费　　　　　　　　　　　　　　　D. 水电费

【答案】　A

二、多项选择题

1. 在物业管理机构发生更迭时，新的物业管理企业实施承接查验必须满足的情况是（　　）。

A. 物业的产权单位或业主大会与原有的物业管理机构完全解除了物业服务合同

B. 物业的产权单位或业主大会与新的物业管理企业签订了物业服务合同

C. 物业的产权单位或业主大会与原有的物业管理机构部分解除了物业服务合同

D. 物业的产权单位或业主大会决定与新的物业管理企业奠定物业服务合同

E. 物业的产权单位或业主与原有的物业管理机构完全解除了物业服务合同，并与新的物业管理企业签订了物业服务合同

【答案】　AB

2. 在物业管理机构发生更迭时，新的物业管理企业实施承接查验时的承接查验小组应提前予以解除的是（　　）。

A. 业主　　　　　　　　　　B. 建设单位

C. 业主委员会　　　　　　　D. 原物业管理单位

E. 专业服务公司

【答案】　BC

3. 在物业管理机构发生更迭时的物业查验的基本内容包括（　　）。

A. 物业资料情况

B. 物业共用部位、共用设施设备及其管理现状

C. 各项费用与收支情况，项目机构经济运行情况

D. 业主产权范围内的物业使用情况

E. 其他内容

【答案】　ABCE

4. 在物业管理机构发生更迭时的物业查验的费用和收支情况有（　　）。

A. 原物业管理机构的人员薪金的发放情况　　B. 物业服务费、停车费、水电费

C. 维修基金的收取、使用和结存　　D. 各类押金、欠收款项、待付费用

E. 其他有偿服务费

【答案】　BCDE

第三节　物业管理工作的移交

本节要点

新建物业的移交双方、移交内容；物业管理机构更迭时管理工作的移交双方、移交内容和交接手续的办理应注意的内容。

复习题解

一、单项选择题

1. 新建物业移交涉及的移交方为（　　）。

A. 开发建设单位　　　B. 投资单位　　　C. 物业管理企业　　　D. 业主大会

【答案】　A

2. 新建物业移交涉及的承接方是（　　　）。

A. 开发建设单位　　　B. 投资单位　　　C. 物业管理企业　　　D. 业主大会

【答案】　C

3. 新建物业移交双方应签订的合同是（　　　）。

A. 物业服务合同　　B. 物业管理合同　　C. 前期物业服务合同　　D. 前期物业管理合同

【答案】　C

二、多项选择题

1. 物业管理机构更迭时管理工作的移交可能涉及的主体有（　　　）。

A. 业主大会　　　　　　　　　B. 物业产权单位

C. 新的物业管理单位　　　　　D. 原有物业管理单位

E. 开发建设单位

【答案】　ABCD

【解析】　物业管理机构更迭时管理工作的移交包括：原有物业管理机构向业主大会或物业产权单位移交；业主大会或物业产权单位向新的物业管理企业移交。前者的移交方为该物业的原物业管理机构，承接方为业主大会或物业产权单位；后者的移交方为业主大会或物业产权单位，承接方为新的物业管理企业。

2. 物业管理机构更迭需要移交的业主入住资料包括（　　　）。

A. 入住通知书　　　　　　　　B. 业主身份证复印件

C. 入住登记表　　　　　　　　D. 施工设计资料

E. 物业产权资料

【答案】　ABC

【解析】　参见本节问答题第 3 小题。

3. 物业管理机构更迭办理财务移交的主要内容包括（　　　）。

A. 物业服务费　　　　　　　　B. 维修基金

C. 业主各类押金　　　　　　　D. 停车费

E. 物业公司经营收益

【答案】　ABCD

【解析】　移交双方应做好账务清结、资产盘点等相关移交准备工作。移交的主要内容包括物业服务费、维修资金、业主各类押金、停车费、欠收款项、代收代缴的水电费、应付款项、债务等。

三、问答题

1. 物业管理工作的移交分为哪几种情况？

【答案要点】　分为三种情况：一是由建设单位将新建物业移交给物业管理企业；二是业主大会选聘新的物业管理企业并订立物业服务合同后，由业主大会或产权单位将物业移交给物业管理企业；三是物业管理企业与业主大会或物业产权单位终止物业服务合同、退出物业管理项目的同时，由物业管理企业向业主大会或物业产权单位移交或交接物业。

2. 前期物业管理工作移交包括哪些内容？

【答案要点】　移交的物业资料包括：产权资料，竣工验收资料，设计、施工资料，机电设备资料。物业保修和物业使用说明资料，业主资料。移交的对象包括：物业共用部位、共用设施设备以及相关清单（如房屋建筑清单、共用设施设备清单、园林绿化工程清单、公共配套设施清单等）。建设单位应按照有关法规政策规定，向物业管理企业提供物业管理用房。

3. 物业管理机构更迭需要移交的物业资料包括哪些？

【答案要点】

（1）物业产权资料、综合竣工验收资料、施工设计资料、机电设备资料等。

（2）业主资料包括：①业主入住资料，包括入住通知书、入住登记表、身份证复印件、相片；②房屋装修资料，包括装修申请表、装修验收表、装修图纸、消防审批、验收报告、违章记录等。

（3）管理资料包括：各类值班记录、设备维修记录、水质化验报告等各类服务质量的原始记录。

（4）财务资料包括：固定资产清单、收支账目表、债权债务移交清单、水电抄表记录及费用代收代缴明细表、物业服务费收缴明细表、维修资金使用审批资料及记录、其他需移交的各类凭证表格清单。

（5）合同协议书，指对内对外签订的合同、协议原件。

（6）人事档案资料，指双方同意移交留用的在职人员的人事档案、培训、考试记录等。

（7）其他需要移交的资料。

第六章 入住与装修管理

考试要点

本部分的考试目的是测试考生对物业入住与装修管理相关法规和知识的掌握程度，以及物业入住与装修管理的内容、方法、流程等物业管理实践操作的综合能力。

掌握：物业入住与装修的相关法规；物业入住操作程序，物业入住服务的管理内容，物业装饰装修管理的内容，物业装饰装修中各方主体的责任。

熟悉：物业入住的准备，物业装饰装修管理流程，物业装饰装修管理中应注意的问题。

了解：物业入住服务应注意的问题。

重点内容

1. 物业入住的准备
2. 物业入住流程及手续、费用交纳、验房及发放钥匙、资料归档等服务内容的管理
3. 物业装饰装修管理流程
4. 物业装饰装修管理内容
5. 物业装修装饰中各方主体的责任

第一节 入住服务的内容

本节要点

入住的概念、入住涉及的主体、物业入住的模式、物业入住责任人的责任、入住时限；入住的资料准备内容及其所包含的具体内容；入住其他准备工作内容；入住流程、入住手续办理的内容和办理手续。

复习题解

一、单项选择题

1. 入住时为业主办理物业管理事务的机构是（　　）。

A. 建设单位　　　B. 施工单位　　　C. 房地产行政管理部门　　D. 物业管理单位

【答案】 D

2. "入住通知书"规定业主办理入住手续的时间期限为（　　）。

A. 有效时限　　　B. 入住时限　　　C. 搬迁时限　　　　　D. 交房期限

【答案】 B

3. 负责《业主（入户）手册》编撰的单位是（　　）。

A. 建设单位　　　　　　　　　　B. 物业管理单位

C. 建设单位会同物业管理单位　　　　D. 建设单位会同施工单位

【答案】 B

4. 办理产权登记手续的负责方一般为（ ）。

A. 建设单位　　　B. 业主　　　C. 物业管理单位　　　D. 业主直接委托的律师

【答案】 A

5. 填写"业主入住房屋验收表"，需要核对无误后签字盖章的是（ ）。

A. 业主与物业管理单位　　　　　B. 业主与建设单位

C. 业主与物业管理单位　　　　　D. 业主、建设单位与物业管理单位

【答案】 B

6. 业主办理入住手续时，最先办理的事项是（ ）。

A. 房屋验收　　　　　　　　　B. 产权代办手续办理

C. 业主登记确认　　　　　　　D. 签署物业管理的相关文件

【答案】 C

7. 对于业主入住时验收不合格的部分，负责进行工程不合格整改、质量返修等工作的单位是（ ）。

A. 物业管理单位　　　　　　　B. 建设单位

C. 施工单位　　　　　　　　　D. 监理单位

【答案】 B

二、多项选择题

1. 入住过程涉及的各方包括（ ）。

A. 建设单位　　　　　　　　　B. 质量监督单位

C. 物业管理单位　　　　　　　D. 业主

E. 施工单位

【答案】 ACD

2. 可以负责具体向业主移交物业并办理相关手续的是（ ）。

A. 建设单位　　　　　　　　　B. 物业管理单位

C. 施工单位　　　　　　　　　D. 监理单位

E. 社区居民委员会

【答案】 AB

3. 向业主传达物业入住信息的方式有（ ）。

A. 电话　　　　　　　　　　　B. 信函

C. 电报　　　　　　　　　　　D. 电子邮件

E. 张贴通知

【答案】 ABCD

4. 物业入住前，物业管理单位需要准备的资料包括（ ）。

A. 住宅质量保证书和住宅使用说明书

B. 入住通知书

C. 物业验收须知和业主入住房屋验收表

D. 业主（住户）手册及物业管理有关约定

E. 业主大会设立通知和业主委员会成立通知

【答案】 ABCD

5. 下列内容中，属于《业主（入户）手册》内容的有（   ）。

A. 业主临时公约   B. 业主入住房屋验收表

C. 住宅使用说明书   D. 物业装饰装修管理指南

E. 服务指南及服务投诉电话

【答案】 ADE

6. 《物业验收须知》的主要内容包括（   ）。

A. 物业建设基本情况、设施设备的使用说明

B. 物业不同部位的保修规定

C. 物业验收须注意的事项以及其他需要提示说明的事项

D. 物业装饰装修管理指南

E. 小区内相关公共管理制度

【答案】 ABC

7. 在物业管理单位与业主签订的有关物业管理服务的约定协议中，应明确的内容包括（   ）。

A. 物业管理收费面积、收费标准及金额

B. 物业管理费计费时段和缴交时间

C. 物业管理费收缴方式（先进或托收等）

D. 水电气等设施使用收费方式和收费标准

E. 滞纳金及其计收比例以及调整管理费的条件和其他情况

【答案】 ABCE

8. 办理业主入住所做的资料准备包括的内容有（   ）。

A. 住宅质量保证书和住宅使用说明书

B. 入住通知书

C. 物业验收须知和业主入住房屋验收表

D. 业主（住户）手册及物业管理有关约定

E. 业主大会设立通知和业主委员会成立通知

【答案】 ABCD

9. 办理业主入住除了资料准备以外的其他准备事项包括（   ）。

A. 入住工作计划   B. 物业管理办法

C. 环境准备   D. 入住仪式策划

E. 其他准备事项

【答案】 ACDE

10. 入住工作计划中应明确的事项包括（   ）。

A. 入住时间、地点，入住手续办理和程序

B. 负责入住工作的人员及职责分工

C. 注意事项及其他情况

D. 入住过程使用的文件和表格

E. 入住验收的标准和验收适用的标准

【答案】　ABCD

11. 某新接小区，在办理入住手续时物业管理单位需要做好的环境准备内容包括（　　）。

A. 做好清洁　　　　　　　　　B. 做好与在建项目的隔离

C. 保持道路畅通　　　　　　　D. 制定入住工作计划

E. 做好入住仪式策划

【答案】　ABC

三、问答题

1. 入住通知书主要包括哪些内容？

【答案要点】　"入住通知书"是建设单位向业主发出的办理入住手续的书面通知。一般而言，主要内容包括：物业具体位置；物业竣工验收合格以及物业管理企业接管验收合格的情况介绍；准予入住的说明；入住具体时间和办理入住手续的地点；委托他人办理入住手续的规定；业主入住时需要准备的相关文件和资料；其他需要说明的事项。

2. "业主入住房屋验收表"一般包括哪些主要内容？

【答案要点】　"业主入住房屋验收表"一般包括的主要内容有：物业名称、楼号；业主、验收人、建设单位代表姓名；验收情况简要描述；物业分项验收情况记录以及水电燃气等的起始读数；建设单位和业主的签字确认；物业验收存在的问题，有关维修处理的约定等；验收时间；其他需要约定或注明的事项。

3.《业主（住户）手册》一般包括哪些主要内容？

【答案要点】　《业主（住户）手册》的内容主要包括：欢迎辞；小区概况；物业管理公司以及项目管理单位（处）情况介绍；业主临时公约；小区内相关公共管理制度；物业装饰装修管理指南、物业服务流程等；公共及康乐设施介绍；服务指南及服务投诉电话；其他需要说明的情况以及相关注意事项。

第二节　入住服务应注意的问题

本节要点

入住服务准备工作应注意的事项；入住期间需要注意的问题。

复习题解

一、单项选择题

因故不能按时办理入住手续的，可以按照（　　）规定的办法另行办理。

A. 入住通知书　　　B. 业主入住手册　　　C. 住宅使用说明书　　　D. 住宅质量保证书

【答案】　A

二、多项选择题

1. 在进行周密计划和进行资料准备及其他准备工作的同时还应注意的工作有（　　）。

A. 资料准备充足　　　　　　　B. 人力资源充足

C. 物业管理费标准要一流　　　D. 分批办理入住

E. 紧急情况要有预案

【答案】　ABDE

2. 入住期间需要注意的问题有（　　）。

A. 方便办理入住手续，实行一站式服务

B. 资料准备要充足

C. 合理安排入住服务办理时间，适当延长办理时间

D. 给予业主办理入住提供流程图和指示牌，并注意安全保卫以及车辆引导

E. 指定专人负责咨询和引导

【答案】　ACDE

三、问答题

1. 物业管理公司在入住服务中，在进行周密计划和进行资料准备及其他准备工作的同时还应注意的工作有哪些？

【答案要点】　在进行周密计划和进行资料准备及其他准备工作的同时还应注意以下四个方面的工作：第一是人力资源要充足；第二是资料准备要充足；第三是分批办理入住手续，避免因为过分集中办理产生的混乱；第四是紧急情况要有预案。

2. 业主入住期间需要注意的问题有哪些？

【答案要点】　业主入住期间需要注意的问题有：

（1）业主入住实行一站式柜台服务，方便业主办理有关入住手续。在入住办理期间，物业建设单位、物业管理单位和相关部门应集中办公，形成一条龙式的流水作业，一次性地解决业主入住初期的所有问题，如办理入住手续，开通电话、有线电视等。

（2）因故未能按时办理入住手续的，可按照"入住通知书"中规定的办法另行办理。

（3）应合理安排业主入住服务办理时间，适当延长办理时间。为方便业主入住，应根据业主的不同情况实行预约办理或实行弹性工作方式，如在正常工作时间之外另行安排入住手续的办理，或者延长工作时间，如中午或晚上延时办公。

（4）办理入住手续的工作现场应张贴入住公告及业主入住流程图，在显要位置张贴或摆放各类业主入住的标牌标识、作业流程、欢迎标语、公告提示等，方便业主了解掌握，加快入住进程。同时，现场摆放物业管理相关法规和其他资料，方便业主取阅，减轻咨询工作压力。对于重要的法规文件等，可以开辟公告栏公示。

（5）指定专人负责业主办理入住手续时的各类咨询和引导，以便入住工作有秩序地顺利进行。入住现场应设迎宾、引导、办事、财务、咨询等各类人员，以方便业主的不同需要，保障现场秩序，解决各类问题。

（6）注意安全保卫以及车辆引导。入住期间不仅有室内手续办理，还有现场验房等程序。而有些楼盘的现场施工尚未完结，现场人员混杂，故应注意业主人身安全和引导现场车辆有序摆放。

第三节　装修管理

本节要点

物业装饰装修管理的概念及其包含的环节；物业装饰装修流程及每个环节需要办理的事

项要求；物业装饰装修范围和时间管理；物业装饰装修管理的要求；物业装饰装修管理费用和垃圾清运管理内容；物业装饰装修现场管理的内容；物业装饰装修中装修人、装修企业、物业管理企业和相关部门的责任。

复习题解

一、单项选择题

1. 物业装饰装修的流程一般为（　　）。

　A. 备齐资料——填写申报登记表——登记——办理开工手续——签订管理服务协议——施工——验收

　B. 备齐资料——填写申报登记表——登记——签订管理服务协议——办理开工手续——施工——验收

　C. 备齐资料——签订管理服务协议——填写申报登记表——登记——办理开工手续——施工——验收

　D. 备齐资料——登记——填写申报登记表——签订管理服务协议——办理开工手续——施工——验收

【答案】　B

2. 装饰装修申报资料由（　　）提供。

　A. 业主　　　　　B. 物业管理单位　　　C. 业主和施工单位　　　D. 业主和物业管理单位

【答案】　C

3. 物业使用人对物业进行装饰装修时，除了向物业管理单位申报外，还需征得（　　）的同意。

　A. 邻居　　　　　B. 业主　　　　　　　C. 建设单位　　　　　　D. 业主委员会

【答案】　B

4. 物业管理单位在进行装饰装修登记时，将装饰装修工程的禁止行为和注意事项告知装修人和装修人委托的装饰装修企业，可以采取（　　）形式。

　A. 书面　　　　　B. 口头通知　　　　　C. 书面和口头通知　　　D. 书面或口头通知

【答案】　B

5. 物业管理单位在进行装饰装修登记时，可以书面形式将（　　）装饰装修工程的禁止行为和注意事项告知装修人和装修人委托的装饰装修企业，并且督促装修人在装节装修开工前主动告知邻里。

　A. 禁止行为　　　　　　　　　　　　　B. 注意事项

　C. 禁止行为或注意事项　　　　　　　　D. 禁止行为和注意事项

【答案】　D

6. 一般情况下，装修期不超过（　　）。

　A. 一个月　　　　B. 三个月　　　　　　C. 半年　　　　　　　　D. 一年

【答案】　B

二、多项选择题

1. 物业装饰装修管理包括的环节有（　　）。

　A. 装饰装修通知　　　　　　　　　　　B. 装饰装修申报

C. 登记审核　　　　　　　　　　D. 入场手续办理

E. 装饰装修过程监督检查以及验收

【答案】　BCDE

2. 物业装饰装修管理的内容上包括（　　　）。

A. 装饰装修流程设计　　　　　　B. 管理细则规定

C. 装饰装修企业选择　　　　　　D. 过程控制

E. 责任界定

【答案】　ABDE

3. 物业装饰装修申报存在下列行为，物业管理单位不予登记的有（　　　）。

A. 将没有放水要求的房间或者阳台改为卫生间、厨房间的

B. 将有放水要求的房间或者阳台改为卧室的

C. 未经城市规划行政主管部门批准拆除非承重墙的

D. 未经燃气管理单位批准拆改燃气管道和设施的

E. 未经供暖管理单位批准拆改供暖管道和设施的

【答案】　ADE

4. 物业管理单位发现装修人或装饰装修施工单位有违法行为的，应当采取的行动包括（　　　）。

A. 不予理睬

B. 及时劝阻和制止

C. 没收施工工具，组织保安强行扣押施工人员

D. 已造成事实后果或拒不改正的，报告有关部门依法处理

E. 违反《物业装饰装修管理服务协议的》，追究法律责任

【答案】　BDE

5. 物业装饰装修现场管理的内容包括（　　　）。

A. 严把出入关，杜绝无序状态　　B. 加强巡视，防患于未然

C. 控制作业时间，维护业主合法权益　D. 强化管理，反复检查

E. 强化指导，统一设计

【答案】　ABCD

三、问答题

1. 物业装饰装修申报有哪些行为不予登记？

【答案要点】　物业装饰装修有下列行为的不予登记：

（1）未经原设计单位或者具有相应资质等级的设计单位提出设计方案，擅自变动建筑主体和承重结构的；

（2）将没有防水要求的房间或者阳台改为卫生间、厨房间的；

（3）扩大承重墙上原有的门窗尺寸，拆除连接阳台的砖、混凝土墙体的；

（4）损坏房屋原有节能设施，降低节能效果的；

（5）未经城市规划行政主管部门批准搭建建筑物、构筑物的；

（6）未经城市规划行政主管部门批准改变住宅外立面，在非承重外墙上开门、窗的；

（7）未经供暖管理单位批准拆改供暖管道和设施的；

（8）未经燃气管理单位批准拆改燃气管道和设施的；

（9）其他影响建筑结构和使用安全的行为。

2. 物业装饰装修管理服务协议应当包括哪些内容？

【答案要点】　物业装饰装修管理服务协议应当包括的内容有：

（1）装饰装修工程的实施内容；

（2）装饰装修工程的实施期限；

（3）允许施工的时间；

（4）废弃物的清运与处置；

（5）外立面设施及防盗窗的安装要求；

（6）禁止行为和注意事项；

（7）管理服务费用；

（8）违约责任；

（9）其他需要约定的事项。

四、综合分析题

（一）某住宅小区一期为新建物业，拟于 2007 年 3 月 1 日业主入住。3 月 6 日，10 号楼宇 8 楼 8006 室的业主向管理部门报上一份装修申报登记表，申报将阳台拆改为厨房，而将原厨房改造成卧室，物业管理单位装修管理人员在接到申报后予以同意。

1. 业主入住前，物业管理企业需要为业主入住准备的资料有（　　）。

A. 住宅质量保证书和住宅使用说明书

B. 入住通知书和业主（住户）手册

C. 物业验收须知和业主入住房屋验收表

D. 住房租赁合同样本和

【答案】　ABC

2. 业主申报的装饰装修方案，物业管理单位应该（　　）。

A. 立即予以登记　　　　　　　　B. 不予登记

C. 研究后决定是否登记　　　　　D. 缴纳保证金后予以登记

【答案】　B

3. 承接该物业管理的情况可以是（　　）。

A. 建设单位下属的物业管理企业承接的前期物业管理

B. 建设单位委托的独立的物业管理企业承接的前期物业管理

C. 建设单位下属的物业管理企业承接的一般物业管理

D. 建设单位委托的独立的物业管理企业承接的一般物业管理

【答案】　AB

4. 在业主对房屋进行装饰装修过程中，物业管理单位负责的事项有（　　）。

A. 现场检查、验收　　　　　　　B. 组织施工

C. 装饰装修设计　　　　　　　　D. 物业装饰装修登记

【答案】　AD

5. 一般来说，物业管理单位向装修人按照约定收取的费用包括（　　）。

A. 装饰装修工程费　　　　　　　B. 装饰装修管理服务费

C. 垃圾清运费　　　　　　　　　　　D. 工程保险费

【答案】 AC

（二）某小区 A 单元 406 业主在入住后向物业管理企业申请了装饰装修申请，物业管理单位在审查后予以了登记。

1. 下列行为中，物业管理单位不予装饰装修登记的有（　　　）。

A. 由非原设计单位但是具有相应资质等级的设计单位提出设计方案，变动建筑主体和承重结构的

B. 扩大承重墙上原有的门窗尺寸，拆除连接阳台的砖、混凝土墙体的

C. 未经城市规划行政主管部门批准搭建建筑物、构筑物的

D. 经过城市规划行政主管部门批准，但是未经房地产行政主管部门批准改变住宅外立面，在非承重墙上开门窗的

【答案】 BC

2. 用户收到物业刮泥企业发出的装修手册及装饰装修申报登记表的时间是在（　　　）。

A. 入住之前　　　B. 入住过程中　　　C. 入住之后　　　　D. 装修开始之后

【答案】 B

3. 一般情况下，物业管理单位应该在（　　　）个工作日内完成登记工作。

A. 1　　　　　　　B. 3　　　　　　　C. 5　　　　　　　D. 7

【答案】 B

4. 物业装饰装修管理应重点检查的内容包括（　　　）。

A. 有无损坏房屋原有节能设施，降低节能效果

B. 有无未经有关单位批准的行为

C. 选用材料和家具是否符合环保要求

D. 有无其他影响建筑结构和使用安全的行为

【答案】 ABD

5. 物业装饰装修管理收费的依据是（　　　）。

A. 国家强制标准

B. 地方强制标准

C. 物业管理单位确定

D. 装修人和物业管理单位签订的"物业装饰装修管理协议"

【答案】 D

（三）业主张某办理了装饰装修申报登记，装饰装修施工单位开始进驻并组织施工。

1. 物业管理单位负责的事项包括（　　　）。

A. 严格按照装修登记的内容组织施工

B. 按照装饰装修管理服务协议做好管理和服务工作，加强检查

C. 发现装修人或者装饰装修施工单位有违反有关规定的行为应当及时劝阻和制止

D. 发现装修人或者装饰装修施工单位违反有关规定的行为已造成实施后果或拒不改正的，应及时报告有关部门依法处理

【答案】 BCD

2. 物业管理单位以下行为中，属于违规或不适合的行为的有（　　　）。

A. 施工人员未佩带标识　　　　　B. 国庆长假施工

C. 审批后的明火操作　　　　　　D. 晚上 10 点钟以后施工

【答案】　ABD

3. 下列行为属于装修人应负责的赔偿责任有（　　　）。

A. 装修人经装饰装修企业推荐使用不符合国家的装饰装修材料，造成空气污染超标，造成损失的

B. 装修人擅自拆改供暖、燃气管道和设施造成损失的

C. 装饰装修活动侵占了公共空间，对公共部位和设施造成损害造成损失的

D. 装饰装修企业擅自动用明火作业和进行焊接作业，造成损失的

【答案】　BC

4. 物业管理单位发现装修人或装饰装修企业有违反相关法规的行为不及时向有关部门报告的，（　　　）。

A. 由房地产行政主管部门给予警告

B. 可处装饰装修管理服务收费协议约定的装饰装修管理服务费 2～3 倍的罚款

C. 吊销营业执照

D. 取消物业管理企业资质

【答案】　AB

5. 将没有放水要求的房间或者阳台改为卫生间、厨房间的，应该受到处罚的是（　　　）。

A. 物业管理单位　　　　　　　　B. 装修人

C. 装饰装修单位　　　　　　　　D. 建设单位

【答案】　BC

第七章　房屋及设施设备管理

考试要点

本部分的考试目的是测试考生对房屋及设备设施管理的基本内容、方法和要点，相关计划、制度的制定和执行等物业管理知识及相关法规的掌握程度和综合运用能力。

掌握：房屋及设备设施管理的内容、方法和要点，维修养护计划的制定和实施，设备设施运行管理的实施。

熟悉：房屋及设备设施的种类和作用，制定维修养护计划的方法，设备设施运行管理的内容和要求，相关管理制度的制定、执行，外包控制，几种典型设备的管理。

了解：房屋及设备设施管理的目标，设备设施的节能管理，房屋及设备设施管理相关法规。

重点内容

1. 房屋种类
2. 房屋的组成部分
3. 房屋及设备设施管理的基本要求
4. 房屋及设备设施管理的内容
5. 房屋及设备设施管理的方法
6. 房屋及设备设施维修养护计划的制定
7. 房屋及设备设施维修养护计划的实施
8. 共用设备设施运行管理
9. 房屋及共用设备设施维护管理项目的外包控制
10. 配电系统、给排水系统、消防系统、电梯系统、空调系统等典型设备设施的管理内容
11. 典型设备设施管理的注意事项

第一节　房屋及设施设备管理概述

本节要点

房屋的种类划分及其基本组成、设备设施的种类及其组成；房屋及设施设备管理的基本要求、评价参考主要指标；房屋完好率、危房率的概念；房屋完损等级；设备完好率的概念；房屋及设施设备管理的内容和方法。

复习题解

一、单项选择题

1. 按房屋的建筑结构类型和材料房屋可分为（　　　）。

A. 砖木结构、混合结构、钢筋混凝土结构和其他结构

B. 墙承重结构、构架式承重结构、筒体结构或框架筒体结构承重和大空间结构承重

C. 低层建筑、多层建筑和高层建筑

D. 居住用途、商业用途、工业用途和其他用途

【答案】　A

2. 按房屋承重受力方式房屋可分为（　　　）。

A. 砖木结构、混合结构、钢筋混凝土结构和其他结构

B. 墙承重结构、构架式承重结构、筒体结构或框架筒体结构承重和大空间结构承重

C. 低层建筑、多层建筑和高层建筑

D. 居住用途、商业用途、工业用途和其他用途

【答案】　B

3. 按房屋的用途可将房屋分为（　　　）。

A. 砖木结构、混合结构、钢筋混凝土结构和其他结构

B. 墙承重结构、构架式承重结构、筒体结构或框架筒体结构承重和大空间结构承重

C. 低层建筑、多层建筑和高层建筑

D. 居住用途、商业用途、工业用途和其他用途

【答案】　D

4. 下列设备中，在多层住宅、高层住宅、工业厂房、商业楼宇中都属于通常设备的是（　　　）。

A. 发电机　　　　B. 手扶电梯　　　　C. 消火栓　　　　D. 管道煤气

【答案】　C

5. 下列设备中，在多层住宅、高层住宅、工业厂房、商业楼宇中都属于通常设备的是（　　　）。

A. 发电机　　　　B. 手扶电梯　　　　C. 公共照明　　　　D. 管道燃气

【答案】　C

6. 一般不具备室内报警系统的房屋是（　　　）。

A. 多层住宅　　　B. 高层住宅　　　C. 工业厂房　　　D. 商业楼宇

【答案】　C

7. 某小区完好房屋建筑面积 $100000m^2$，基本完好房屋建筑面积 $80000m^2$，一般损坏房屋建筑面积 $3000m^2$，严重损坏房屋 $1000m^2$，危险房 $500m^2$，该小区的房屋完好率为（　　　）。

A. 54.20%　　　B. 55.56%　　　C. 97.56%　　　D. 99.19%

【答案】　C

8. 题干同第 7 题，该小区的危房率为（　　　）。

A. 0.27%　　　B. 0.81%　　　C. 2.44%　　　D. 44.44%

【答案】　A

9. 房屋结构基本完好，少量构部件有轻微损坏，装修基本完好，油漆缺乏保养，设备、管道现状基本良好，能正常使用，经过一般性的维修即可恢复使用功能的房屋为（　　　）。

A. 完好房　　　　B. 基本完好房　　　C. 一般完好房　　　D. 一般损坏房

【答案】 B

10. 房屋年久失修，结构有明显变形或损坏，个别构件已处于危险状态，屋面严重渗漏，装修严重变形、破损，油漆老化见底，设备陈旧不齐全，管道严重堵塞，水卫、电照的管线、器具和零件残缺及严重损坏，需要进行大修或翻修、改建的房屋为（　　）。

A. 一般损坏房　　　　B. 严重损坏房　　　　C. 危险房　　　　D. 一般完好房

【答案】 B

11. 房屋结构一般性损坏，部分构部件有损坏或变形，屋面局部漏雨，装修局部有破损，油漆老化，设备管道不够通畅，水卫、电照管线、器具和零件有部分老化、损坏或残缺，需要进行中修或局部大修更换部件的房屋为（　　）。

A. 一般损坏房　　　　B. 严重损坏房　　　　C. 危险房　　　　D. 一般完好房

【答案】 A

12. 危房率的计算公式是（　　）。

A. 危房率 $=\dfrac{危险房屋的建筑面积}{房屋总建筑面积}$

B. 危房率 $=\dfrac{严重损坏房屋建筑面积＋危险房屋建筑面积}{房屋总建筑面积}$

C. 危房率 $=\dfrac{一般损坏房屋建筑面积＋严重损坏房屋建筑面积＋危险房屋建筑面积}{房屋总建筑面积}$

D. 危房率 $=\dfrac{严重损坏房屋建筑面积＋危险房屋建筑面积}{房屋总建筑面积－一般损坏房屋建筑面积}$

【答案】 A

二、多项选择题

1. 以下属于组成房屋结构部分的有（　　）。

A. 地基　　　　　　　　　　　　B. 基础
C. 屋面　　　　　　　　　　　　D. 楼地面
E. 顶棚

【答案】 BCD

2. 以下属于组成房屋装修部分的有（　　）。

A. 门窗　　　　　　　　　　　　B. 顶棚
C. 内、外抹灰　　　　　　　　　D. 楼地面
E. 水卫

【答案】 ABC

3. 下列设备中，在多层住宅、高层住宅、工业厂房、商业楼宇中都属于通常设备的有（　　）。

A. 电话　　　　　　　　　　　　B. 阀门和管网
C. 载人电梯　　　　　　　　　　D. 沉砂井和化粪池
E. 配电柜和线路

【答案】 ABDE

4. 多层住宅一般不具备的设备有（　　）。

A. 热风供暖　　　　　　　　　　B. 有线卫星电视

C. 载货电梯 D. 中央空调

E. 喷淋系统

【答案】 ACDE

5. 房屋及设施设备评价参考的主要指标包括（ ）。

A. 房屋修建年代 B. 房屋完好率

C. 危房率 D. 设施设备完好率

E. 房屋设备耐用年限

【答案】 BCD

6. 房屋完损等级是根据（ ）等组成部件的完好和损坏程度划分的。

A. 结构 B. 建筑平面

C. 装修 D. 设备

E. 地基

【答案】 ACD

三、问答题

1. 房屋及设施设备管理的内容与方法有哪些？

【答案要点】 房屋及设施设备管理的内容与方法包括：使用管理、维修保养、安全管理、技术档案资料管理、工器具和维修用设备的管理、外包管理和技术支持八个方面。

2. 对房屋及设施设备的维修保养的主要内容有哪些？

【答案要点】 维修保养的主要内容包括：对房屋和设施设备进行的定期检查、维护、清洁及润滑；损耗或故障时的维修；必要情况下（如较为复杂的设备和系统）的专业测试；无法修理或无修理价值时的更新以及材料、结构和设计方面的改善等。

3. 设施设备采购和零备件管理的主要内容有哪些？

【答案要点】 一是加强计划采购，尽可能减少零星采购，建立符合实际情况的库存备件名录和最低库存量；二是对不设库存的零部件，建立起畅通的采购和供应渠道；三是严把采购质量关；四是妥善保管设备供应商或安装单位采购文件，建立有效的备品备件合格供货商名录和相关资料。

4. 物业管理企业安全管理的内容有哪些？

【答案要点】 物业管理企业安全管理的内容包括：

（1）通过安全教育使员工和业主、物业使用人树立安全意识，了解安全防护知识和安全管理规定；

（2）建立健全各类安全管理制度并严格遵守；

（3）提供必要的安全和防护装置装备。

5. 房屋的完损等级是如何划分的？

【答案要点】 根据各类房屋的结构、装修、设备等组成部分的完好及损坏程度，房屋的完损等级分为完好房、基本完好房、一般损坏房、严重损坏房和危险房五类。具体标准是：

（1）完好房指房屋的结构构件完好，安全可靠，屋面或板缝不漏水，装修和设备完好、齐全完整，管道畅通，现状良好，使用正常或虽个别分项有轻微损坏，但不影响居住安全和正常使用，一般经过小修就能修复好的房屋。

（2）基本完好房指房屋结构基本完好，少量构部件有轻微损坏，装修基本完好，油漆缺乏保养，设备、管道现状基本良好，能正常使用，经过一般性的维修即可恢复使用功能的房屋。

（3）一般损坏房指房屋结构一般性损坏，部分构部件有损坏或变形，屋面局部漏雨，装修局部有破损，油漆老化，设备管道不够通畅，水卫、电照管线、器具和零件有部分老化、损坏或残缺，需要进行中修或局部大修更换部件的房屋。

（4）严重损坏房指房屋年久失修，结构有明显变形或损坏，个别构件已处于危险状态，屋面严重渗漏，装修严重变形、破损，油漆老化见底，设备陈旧不齐全，管道严重堵塞，水卫、电照的管线、器具和零件残缺及严重损坏，需要进行大修或翻修、改建的房屋。

（5）危险房指房屋承重构件已属危险构件，结构丧失稳定和承载能力，随时有倒塌可能，不能确保住用安全的房屋。

第二节　房屋及设施设备维修养护计划与实施

本节要点

维修方式和修理类别、修理周期和修理周期结构及其涉及的相关概念；维修保养计划的种类及其编制依据；修前检修的步骤、组织实施、验收和存档。

复习题解

一、单项选择题

1. 以设施设备技术状态为基础，按实际需要进行修理的预防维修方式为（　　）。

A. 计划性预防维修　　　　　　　　　B. 改善性的预防维修

C. 状态监测下的预防维修　　　　　　D. 紧急性预防维修

【答案】　C

2. 为消除设施设备先天性缺陷或陈旧老化引起的功能不足、故障频发，对设施设备局部结构和零件设计加以改造，结合修理进行改装以提高其可靠性和维修性的措施，称为（　　）。

A. 计划性预防维修　　　　　　　　　B. 改善性的预防维修

C. 状态监测下的预防维修　　　　　　D. 紧急性预防维修

【答案】　B

3. 根据零件的失效规律，事先规定修理间隔期、修理类别、修理内容和修理工作量的维修方式为（　　）。

A. 计划性预防维修　　　　　　　　　B. 改善性的预防维修

C. 状态监测下的预防维修　　　　　　D. 紧急性预防维修

【答案】　A

4. 根据零件的失效规律，事先规定修理间隔期、修理类别、修理内容和修理工作量的维修方式为（　　）。

A. 定期维修　　　　　　　　　　　　B. 改善性的预防维修

C. 状态监测下的预防维修　　　　　　D. 紧急性预防维修

【答案】　A

5. 计划性预防维修具有的特点是（　　）。

A. 以设施设备技术状态为基础　　　　B. 周期性

C. 在状态监测和技术诊断基础上　　　D. 高度预知

【答案】　B

6. 建立在状态监测和技术诊断基础上的维修为（　　）。

A. 定期维修　　　　　　　　　　　　B. 改善性的预防维修

C. 状态监测下的预防维修　　　　　　D. 紧急性预防维修

【答案】　C

7. 采用事后维修策略可以发挥主要构件的（　　）。

A. 最大物理寿命　　　　　　　　　　B. 最大经济寿命

C. 最大自然寿命　　　　　　　　　　D. 最大附属寿命

【答案】　A

8. 对物业管理而言，应尽量避免（　　）。

A. 计划性预防维修　　　　　　　　　B. 状态监测下的预防维修

C. 改善性能的预防维修　　　　　　　D. 事后维修

【答案】　D

9. 维修工作量最小的一种计划维修是（　　）。

A. 大修　　　　　B. 中修　　　　　C. 小修　　　　　D. 事后维修

【答案】　C

10. 对于定期维修的设备，根据掌握的损耗规律，更换或修复在修理间隔期内失效或即将失效的零件，并进行调整，以保证设备的正常工作能力，属于（　　）。

A. 大修　　　　　B. 中修　　　　　C. 小修　　　　　D. 紧急抢修

【答案】　C

11. 工作量最大的一种计划维修是（　　）。

A. 大修　　　　　B. 中修　　　　　C. 小修　　　　　D. 事后维修

【答案】　A

12. 在房屋及设施设备基础构件或主要零件损坏严重，主要性能大部分丧失，安全性和可靠性严重下降，必须经过全面修理才能恢复其效能的情况下使用的一种修理形式是（　　）。

A. 大修　　　　　B. 中修　　　　　C. 小修　　　　　D. 事后维修

【答案】　A

二、多项选择题

1. 房屋及设施设备的维修养护的方式有（　　）。

A. 预防性维修　　　　　　　　　　　B. 大修

C. 中修　　　　　　　　　　　　　　D. 事后维修

E. 紧急抢修

【答案】　AGE

2. 计划性维修事先规定的内容包括（　　）。

A. 修理间隔期 　　　　　　　　B. 修理类别

C. 修理内容 　　　　　　　　　D. 修理工作量

E. 修理地点

【答案】　ABCD

3. 以下关于修理周期说法中，正确的有（　　　）。

A. 对已在使用的设施设备来说，修理周期是指两次相邻大修之间的间隔时间

B. 对新设备来说，修理周期是指从开始使用到第一次大修理之间的间隔时间

C. 修理周期是指两次相邻计划修理之间的工作时间

D. 修理周期是指在一个修理周期内应采取的各种修理方式的次数和排列顺序

E. 确定修理周期时应使设施设备计划外停机时间达到最低限度

【答案】　ABC

4. 组织实施房屋及设施设备维修养护计划，在确保安全的前提下，注意控制的因素包括（　　　）。

A. 质量的控制 　　　　　　　　B. 进度的控制

C. 成本的控制 　　　　　　　　D. 人员的控制

E. 材料的控制

【答案】　ABC

5. 维修养护工作的存档应该包括（　　　）。

A. 维修养护的计划 　　　　　　B. 预算和批准文件

C. 维修养护工作记录 　　　　　D. 更换材料和配件记录、竣工图和验收资料

E. 维修养护人员身份证明和职称证明资料

【答案】　ABCD

三、问答题

1. 维修保养计划的编制依据是什么？

【答案要点】　维修养护计划的编制依据有：①房屋及设施设备的修理周期与修理间隔期；②房屋及设施设备的使用要求和管理目标；③安全与环境保护的要求；④房屋及设施设备的技术状态。

2. 编制维修养护计划应考虑哪些问题？

【答案要点】　编制维修养护计划应考虑的问题包括：①物业使用或运行急需的、影响其他系统使用的、关键性的设施设备应重点提前安排修理，这样可减少对日常使用的影响；②应考虑到维修保养工作量的平衡，使全年工作能均衡地进行。对待修理的设施设备应按轻重缓急安排计划；③应充分考虑维修前的准备时间和维修保养工作时间；④应切实考虑企业资源和能力能否保障各项目的维修保养，如果能力或资源不足，就应该考虑项目外包或寻求技术支持，不应降低维修保养的技术要求；⑤计划最后确定前，资金一定要落实，确保计划内每项工作的资金都有足额的保障，否则，应该按照轻重缓急做删减调整，重新制定计划；⑥所制定的计划应该包括必要的工作程序和检验程序，使计划具有可操作性和可验证性；⑦对物业使用或运行有较大影响的关键设备，应尽可能安排在非高峰期检修，以缩短停歇时间（如中央空调系统的冬季检修、采暖系统的夏季检修等）。

3. 房屋及设施设备修前预检的步骤如何？

【答案要点】　修前预检的步骤为：

（1）技术人员首先要阅读技术说明书和各类图纸，熟悉对象的结构、性能和技术指标。其次是查看技术档案，了解对象的故障及其修理的历史情况；

（2）使用和维护人员介绍目前的技术状态和主要缺陷；

（3）进行外观检查，如磨损、油漆及缺损情况等；

（4）进行运行检查，开动设备，观察运行情况；

（5）按部件解体检查。将有疑问的部件拆开细看是否有问题，拆前要做好记录，以便解体时检查及装配复原之用；

（6）预检完毕后，将记录进行整理，编制维修工艺准备资料，如修前存在问题记录表、零配件修理及更换明细表等。

第三节　公用设施设备的运行管理

本节要点

公用设施设备的运行计划、运行管理人员的培训内容、规章制度内容；设备检查的合概念和种类；设备状态检测的概念和分类；定期预防性试验的概念；设备故障诊断技术手段及其主要表现；能源消耗的内容。

复习题解

一、单项选择题

1. 节能管理是要通过各种管理手段，减少（　　）。

A. 正常能耗　　　　B. 标准能耗　　　　C. 非计划能耗　　　　D. 非正常的能耗

【答案】　D

2. 设备的状态检测是要直接或间接了解掌握设备的（　　）。

A. 价值　　　　　　　　　　　　B. 运行状况和设备自身状态

C. 管理制度的执行情况　　　　　　D. 操作者的操作技能

【答案】　B

3. 在设备运行中或基本不拆卸的情况下，采用先进的信息采集、分析技术掌握设备运行状况，判定产生故障的原因、部位，预测、预报设备未来状态的技术，称为（　　）。

A. 定期预防性试验　B. 设备的状态监测　C. 设备故障诊断技术　D. 设备的检查

【答案】　C

4. 对设备运行情况、工作性能、磨损程度进行检查和校验，通过检查可以全面掌握设备技术状况的变化和劣化程度，针对检查发现的问题，改进设备维修工作，提高维修质量和缩短维修时间，称为（　　）。

A. 定期预防性试验　B. 设备的状态监测　C. 设备故障诊断技术　D. 设备的检查

【答案】　D

5. 在设备运行使用过程中通过相关的仪器仪表所指示的参数，直接或间接地了解掌握设备的运行情况和设备自身状态为（　　）。

A. 定期预防性试验　B. 设备的状态监测　C. 设备故障诊断技术　D. 设备的检查

【答案】 B

6. 对动力设备、压力容器、电气设备、消防设备等安全性要求较高的设备，由专业人员按规定期限和规定要求进行试验为（　　）。

A. 定期预防性试验　B. 设备的状态监测　C. 设备故障诊断技术　D. 设备的检查

【答案】 A

二、多项选择题

1. 以下工作需要政府主管部门组织考核发证后凭证上岗的有（　　）。

A. 保洁　　　　　　　　　　　B. 供配电

C. 电梯　　　　　　　　　　　D. 锅炉运行

E. 车辆调度

【答案】 BCD

2. 设备的检查就是对其（　　）进行检查和校验。

A. 运行状况　　　　　　　　　B. 操作执行

C. 工作性能　　　　　　　　　D. 磨损程度

E. 管理效果

【答案】 ACD

3. 设备的状态监测通常采用的方法包括（　　）。

A. 直接检测　　　　　　　　　B. 绝缘性检测和温度检测

C. 振动和噪声检测　　　　　　D. 泄漏检测、裂纹检测和腐蚀检测

E. 日常检测和定期检测

【答案】 ABCD

4. 下列设备能耗中，属于浪费掉的能源消耗的有（　　）。

A. 设备的标准能耗　　　　　　B. 操作人员非正常操作浪费的能源

C. 因维护保养不善设备损坏造成的能耗　D. 运输、保管及其他非正常消耗

E. 设备状况不良，运行中浪费掉的能源

【答案】 BCDE

5. 共用设施计划管理制定的运行计划要满足（　　）方面的要求。

A. 安全　　　　　　　　　　　B. 使用

C. 维护　　　　　　　　　　　D. 经济运行

E. 上级检查

【答案】 ABCD

6. 物业管理企业对共用设施设备运行管理职工进行培训的内容包括（　　）。

A. 技术教育　　　　　　　　　B. 安全教育

C. 管理业务教育　　　　　　　D. 健身强体教育

E. 基础知识补习教育

【答案】 ABC

7. 公用设施设备运行计划应包括（　　）。

A. 开机时间　　　　　　　　　B. 关机时间

C. 维护保养时间　　　　　　　　　D. 使用的条件和要求

E. 职工上下班时间

【答案】　ABCD

8. 影响设施设备的工作运行环境的因素包括（　　）。

A. 设施设备的正常运转　　　　　　B. 减少故障

C. 延长使用寿命　　　　　　　　　D. 操作者的情绪

E. 规章制度

【答案】　ABCD

三、问答题

1. 共用设施设备的运行管理的内容有哪些？

【答案要点】　共用设施设备的运行管理的内容包括：制定合理的运行计划、配备合格的运行管理人员、提供良好的工作环境、建立健全必要的规章制度，还包括实施设备的状态管理、节能管理等。

2. 采用管理手段节能的具体措施有哪些？

【答案要点】　节能管理的具体措施包括：

（1）落实组织和管理体系。建立有物业管理企业领导和业主参加的，覆盖各个管理环节和所有用能设施设备的节能体系。业主和有关物业管理企业领导在财力上、计划上、人力上等的多方面支持是节能工作顺利开展的根本保证。

（2）加强节能宣传和培训，树立节能意识。加强对各级管理人员、技术人员和操作工的培训，系统地对上述人员进行能源科学管理知识、热工基础理论和节能技术改造途径等方面的教育，使其增强责任感和紧迫感。

（3）建立能源消耗的计划和考核制度。做到能源有计划的使用与消耗，根据物业设施设备的运行要求与性质，准确测算各年、季、月的能源需要量，确定能源考核标准。

（4）在运行管理上，尽量安排设备能够连续、满载开动使用。这样可以减少设备的能量相对损失，减少固定能耗部分。

（5）调整设备运行时间，实行节能运行程序和霓虹灯等的开关时间。

（6）合理设定运行参数（如空调温控点），既保证正常使用功能，又节省能源。

第四节　房屋及共用设施设备维护管理项目的外包控制

本节要点

项目外包的综合分析内容，对承包方评估的内容；订立外包合同需要注意的事项。

复习题解

一、单项选择题

物业管理企业对房屋及公用设施设备的维护管理项目选用外包模式，合格的承包方满足企业需求的方面是（　　）。

A. 质量　　　　　B. 价格　　　　　C. 关系　　　　　D. 质量和价格

【答案】　D

二、多项选择题

1. 物业管理企业对房屋及公用设施设备的维护管理项目选用外包模式，对承包商进行评估的方式包括（　　）。

A. 资料审核和现场考察　　　　B. 分项评分

C. 逐级审核　　　　　　　　　D. 领导决定

E. 评估会议

【答案】　ABCE

2. 以下反映本地市场能够提供系统分包服务的专业机构发展的成熟度的有（　　）。

A. 从业机构数量和业务规模　　B. 技术水平和服务价格

C. 企业信誉和经济实力　　　　D. 设施设备的生产年代、技术先进程度

E. 设施设备生产厂家的技术服务情况

3. 物业管理企业对房屋及共用设施设备的维护管理项目选用外包模式，对承包商进行评估，应该（　　）。

A. 选取多家单位进行综合价格比较，评估参与人与承包方有特殊关系时应予回避

B. 不以价格为惟一选择标准，同等条件下原承包方优先

C. 以领导意愿为导向的原则

D. 秉承公开、公正、公平的原则

E. 根据分包项目的内容，选择采取资料审核、现场考察、分项评分、逐级审核、评估会议等方式对承包方进行评估

【答案】　ABDE

4. 物业企业如果对房屋及共设施设备的维护管理项目选用外包模式，需要进行综合分析的内容包括（　　）。

A. 物业管理企业的管理规模、所管物业中共用设施设备的复杂程度及数量情况、自行管理此类设施设备的技术难度、管理风险大小

B. 政府部门对此类设施设备系统管理的技术、标准要求

C. 设施设备的生产年代、技术先进程度、设施设备生产厂家的技术服务情况

D. 本地能够提供系统分包服务的专业机构发展的成熟度

E. 所管物业中共用设施设备的价值大小和体积大小

【答案】　ABCD

5. 目前常见的房屋及共用设施设备的维护管理项目的管理模式有（　　）。

A. 自行管理模式　　　　　　　B. 外包管理模式

C. 政府管理模式　　　　　　　D. 行业管理模式

E. 业主委员会管理模式

【答案】　AB

6. 对房屋及共用设施设备的维护管理项目选择外包承包商进行评估的主要方面包括（　　）。

A. 企业品牌状况　　　　　　　B. 企业规模、资信信誉、技术能力和质量保证能力

C. 承包商与参与人的关系　　　D. 管理维护计划、标准

E. 预算价格和付款方式

【答案】　ABDE

三、问答题

1. 物业管理企业对房屋及共用设施设备的维护管理项目选用外包模式，需要对承包商的哪些方面进行评估？

【答案要点】　设施设备选用外包模式，需要对承包商的以下几个方面进行评估：

(1) 企业品牌状况；

(2) 企业规模；

(3) 资信信誉；

(4) 技术能力（是否具备相关许可、技术资质证书等）；

(5) 企业质量保证能力（如是否有质量保证体系）；

(6) 管理维护计划、标准；

(7) 预算价格、付款方式。

2. 物业管理企业对房屋及公用设施设备的维护管理项目是否选择，需要从哪些方面进行综合分析？

【答案要点】　如果物业管理企业对房屋及共用设施设备的维护管理项目选用外包模式，则可从以下几个方面进行综合分析：

(1) 物业管理企业的管理规模；

(2) 所管物业中共用设施设备的复杂程度及数量情况；

(3) 设施设备的生产年代、技术先进程度；

(4) 政府部门对此类设施设备系统管理的技术、标准要求；

(5) 自行管理此类设施设备的技术难度、管理风险大小；

(6) 设施设备生产厂家的技术服务情况，包括维修网点的分布、服务及时性、技术垄断程度等；

(7) 市场上此类设施设备管理维护技术人员的供求情况、社会平均工资水平；

(8) 本地市场能够提供系统分包服务的专业机构发展的成熟度，包括从业机构数量情况、技术水平、服务价格、业务规模、企业信誉、经济实力等。

第五节　几种典型设施设备的管理

本节要点

供配电系统的种类和管理工作主要内容；给排水系统的种类和管理工作的主要内容；消防系统的构成和管理工作的主要内容；电梯系统的种类和管理工作的主要内容；空调系统的种类和管理工作的主要内容。

复习题解

一、单项选择题

1. 按供电方式的不同，物业的供电方式可以分为（　　　）。

A. 高压供电和低压供电　　　　　　　　B. 单回路供电和多回路供电

C. 无自备电源供电和有自备电源供电　　D. 长期供电和临时供电

【答案】　A

2. 按供电回路数目的情况，物业的供电方式可以分为（　　）。

A. 高压供电和低压供电　　　　　　　　B. 单回路供电和多回路供电

C. 无自备电源供电和有自备电源供电　　D. 长期供电和临时供电

【答案】　B

3. 按备用电源情况，物业的供电方式可以分为（　　）。

A. 高压供电和低压供电　　　　　　　　B. 单回路供电和多回路供电

C. 无自备电源供电和有自备电源供电　　D. 长期供电和临时供电

【答案】　C

4. 供配电运行可建立（　　）小时值班制度。

A. 8　　　　　　　　B. 12　　　　　　　　C. 16　　　　　　　　D. 24

【答案】　D

5. 以下消防管理工作内容中，应该每月检查的项目是（　　）。

A. 消防加压水泵、正压送风、排烟风机试启动一次

B. 各处消火栓是否损坏，水龙带、水枪是否到位

C. 各处消防管是否漏水，各类手提式灭火器是否完好

D. 防火门、安全出口指示灯、安全通道照明是否完好

【答案】　A

6. 消防设备都应指定设备责任人，设有消防控制中心的要安排（　　）小时值班。

A. 8　　　　　　　　B. 12　　　　　　　　C. 16　　　　　　　　D. 24

【答案】　D

7. 防排烟系统通过（　　）抽走含烟气体。

A. 通风管道　　　　B. 排烟风机　　　　C. 通风管道　　　　D. 正压风机

【答案】　B

8. 防排烟系统通过（　　）强制送入新鲜空气。

A. 通风管道　　　　B. 排烟风机　　　　C. 通风管道　　　　D. 正压风机

【答案】　D

9. 常用的电梯按用途分为（　　）。

A. 直流电梯、交流电梯和液压电梯　　　B. 控制电梯、集选控制电梯

C. 乘客电梯、载货电梯和客电梯　　　　D. 消防电梯、生活电梯

【答案】　C

10. 常用的电梯按拖动方式分为（　　）。

A. 直流电梯、交流电梯和液压电梯　　　B. 单机控制电梯、集选控制电梯

C. 乘客电梯、载货电梯和客电梯　　　　D. 消防电梯、生活电梯

【答案】　A

11. 对电梯每年进行年检的部门是（　　）。

A. 政府劳动行政管理部门　　　　　　　B. 政府技术监督部门

C. 政府社会保障部门   D. 政府建设行政管理部门

【答案】 B

12. 将空调分为压缩式制冷机和吸收式制冷机是根据空调的（   ）。

A. 工作原理   B. 冷源设备布置的情况

C. 制冷性能   D. 适应情况

【答案】 A

13. 将空调分为中央空调和独立空调是根据空调的（   ）。

A. 工作原理   B. 冷源设备布置的情况

C. 制冷性能   D. 适应情况

【答案】 B

二、多项选择题

1. 给水系统包括（   ）。

A. 生活给水系统   B. 消防给水系统

C. 公用设施给水系统   D. 中水系统

E. 热水系统

【答案】 ABDE

2. 排水系统包括（   ）。

A. 污水系统   B. 雨水系统

C. 工业废水系统   D. 商用排水系统

E. 消防排水系统

【答案】 ABC

3. 以下属于污水系统的有（   ）。

A. 分辨污水管道   B. 生活废水管道

C. 废水管道   D. 雨水管道

E. 中水系统

【答案】 AB

4. 以下消防管理工作内容中，应该每周检查的项目有（   ）。

A. 消防加压水泵、正压送风、排烟风机试启动一次

B. 各处消火栓是否损坏，水龙带、水枪是否到位

C. 各处消防管是否漏水，各类手提式灭火器是否完好

D. 防火门、安全出口指示灯、安全通道照明是否完好

E. 各类水压压力是否正常

【答案】 BCD

5. 以下消防管理工作内容中，应该每月检查的项目有（   ）。

A. 消防加压水泵、正压送风、排烟风机试启动一次

B. 检查各类信号指示灯、各类水压压力是否正常

C. 手提式灭火器是否有效

D. 检查消防水泵泵体是否漏水，生锈

E. 检查消防备用电源是否正常，能否及时切换

【答案】 ABDE

6. 以下消防管理工作内容中，应该每半年检查的项目有（　　）。

A. 检查消防备用电源是否正常，能否及时切换

B. 检查手提式灭火器是否有效，检测烟感、温感探测器是否正常工作

C. 消火栓放水检查一次、消防控制联动系统进行一次试验测试

D. 检查消防报警按钮、警铃及指示灯，检查消防广播系统

E. 检查自动喷洒系统管道和各消防水箱、水池排水，气体灭火装置的检查测压

【答案】 BCDE

7. 自动喷淋灭火系统的组成包括（　　）。

A. 放烟防火门　　　　　　　　　　B. 喷洒泵

C. 供水管道　　　　　　　　　　　D. 喷头

E. 手提式灭火器

【答案】 BCD

8. 安全疏散和防水隔离系统包括（　　）。

A. 安全疏散指示灯　　　　　　　　B. 通风管道

C. 防火门　　　　　　　　　　　　D. 防火卷帘门

E. 水幕

【答案】 ACDE

9. 火灾报警系统包括（　　）。

A. 烟感探测器、温感探测器　　　　B. 手动报警按钮、闭路电视监视系统

C. 对讲机、电话的等通信联络器材　D. 火警警铃、消防广播系统

E. 管道燃气紧急切断装置、消防水泵

【答案】 ABCD

10. 消防控制中心的组成包括（　　）。

A. 集中报警器、通信装置　　　　　B. 联动控制柜、消防广播扩音器和控制器

C. 烟感探测器、温感探测器　　　　D. 消防电梯控制器

E. 管道燃气紧急切断装置

【答案】 ABDE

11. 制订电梯安全运行和维修保养的规章制度和工作程序的依据包括（　　）。

A. 电梯厂家提供的图纸资料　　　　B. 技术性能指标

C. 维修保养说明　　　　　　　　　D. 管理水平和能力

E. 费用构成和费用水平

【答案】 ABC

12. 需要归档的电梯技术资料包括（　　）。

A. 电梯操作人员资格证书　　　　　B. 电梯原始技术资料

C. 电梯检测维修资料　　　　　　　D. 电梯运行状况记录

E. 电梯成本核算资料

【答案】 BC

13. 空调安装位置和安装方式的选定，主要考虑（　　）。

A. 滴水对环境的影响　　　　　　B. 空调的额定功率

C. 空调的工作效率　　　　　　　D. 建筑物外观的美观和统一性

E. 空调安装的安全性

【答案】 ACDE

14. 确定每年的空调开停日期和每日的开停时间，以及空调在各个时间的工作状态，需要根据（　　）。

A. 空调的额定功率　　　　　　　B. 物业性质

C. 人流规律　　　　　　　　　　D. 工作作息制度

E. 使用成本

【答案】 BC

三、问答题

1. 供配电系统管理工作的主要内容有哪些？

【答案要点】 供配电系统管理工作主要内容包括：

(1) 配备合格的专业工程技术人员和相应数量的操作和维修电工。

(2) 制定严格的供配电运行制度和电气维修保养制度，同时建立相应的检查监督机制保证各项制度的执行。

(3) 建立供配电系统技术档案。

(4) 配备各种必要的工具、仪器仪表和安全防护用品、常用零配件和易损易耗品等，并建立零配件供应渠道和供应商名册。

(5) 定期对用电计量仪表进行检查和校验，确保用电计量的准确性。进行用电统计分析，做好用电调度和用电计划工作。

(6) 建立临时用电管理制度，对任何新增加的用电都应进行用电负荷的计算，进行合理的负荷分配，尽可能保证三相平衡，任何情况下都不允许超负荷供电。

(7) 要建立火警、水灾、台风、地震等灾害时的供电预防措施。

(8) 做好节约用电工作，降低损耗。

(9) 限电、停电要提前通知业主、物业使用人。

(10) 供配电运行可建立 24 小时值班制度，发生故障时应能及时组织力量抢修，尽快恢复电力供应。

(11) 定时对备用电源进行检查，对蓄电池进行充电，对备用发电机进行运行试验。

(12) 重视无功功率和补偿工作，提高功率因素，改善用电质量。

(13) 进行公共用电的测算和计量统计工作，为管理服务费的收取和调整提供依据。

2. 电梯管理工作的主要内容有哪些？

【答案要点】 电梯管理工作主要内容有：

(1) 按照电梯管理需要配备专业电梯管理人员的规定，所有从事电梯管理的人员都要持有国家或地方有关管理部门认可的上岗资格证书。

(2) 根据电梯制造厂家提供的图纸资料、技术性能指标和维修保养说明，制定电梯安全运行和维修保养的规章制度和工作程序。

(3) 建立电梯技术档案，将电梯原始技术资料和检测维修资料归类存档，妥善保管。

(4) 备齐电梯维修保养所必须的工具、仪器等，以及电梯日常维修保养所常用的零件和消耗品，了解并登记电梯零件供应渠道和各专业技术服务公司。

（5）根据物业的性质和人流物流的特点确定电梯的服务时间和清洁保养时间。

（6）进行电梯的用电计量和运行成本核算，以此测算出电梯的使用成本。

（7）电梯维护保养或故障停梯均应及时通告业主、物业使用人。

（8）将电梯维修保养工作委托给专业公司承担时，要认真审核承包方的专业技术水准和专业资格，认真监督合同的执行情况，定期对承包方的服务进行评价。

（9）电梯每年要由政府技术监督部门进行年检，获得年检合格证，才能继续使用。

3. 电梯系统管理的主要内容和注意事项有哪些？

（1）电梯系统管理工作主要内容有：

1）配备足够符合要求的专业技术人员负责空调系统的管理，并进行阶段性的岗位培训。

2）建立空调系统技术档案。

3）根据空调设备生产厂家和安装单位提供的技术资料和说明书，制定空调系统运行和保养制度，制定大、中、小修计划和测试调整计划。

4）备齐空调维修、测试用工具，准备恰当数量的零配件、润滑油和制冷剂等，建立空调专业维修服务公司和零件供应商档案。

5）根据物业性质和人流规律等特点，确定每年空调的开停日期和每日的开停时间，以及空调在各个时间的工作状态。

6）进行空调用电用水计量和空调运行成本核算，测算空调收费。

7）在空调设备新装和改装时要重点考虑用电负荷问题和噪声污染问题。

8）在业主和住户自己安装局部空调时提供技术指导。

9）在空调系统停机一段时间（如冬季停机）重新投入运行或空调送暖和送冷交替之前，要对空调系统进行严格细致的检查调整工作。

10）定期对空调系统进行测试，以便进行相应的调整和改进，使空调系统保持在最佳运行状态。

（2）电梯系统管理工作注意事项包括：

1）空调系统运行消耗的水、电和其他能源在物业管理公共用水用电和耗能中占有很大比例，空调管理应该把节能运行作为一项重要的工作。

2）空调系统运行产生的噪声是物业噪声污染的主要来源之一，从物业的总体环境考虑，空调噪声的测量、评估、减小等工作不应被空调管理人员所忽视。

3）中央空调系统是保证建筑物内空气质量的重要设备，应注意恰当地控制新风比例并注意采取隔尘、杀菌和消毒措施。

第八章 物业环境管理

本部分的考试目的是测试应考人员对物业清洁、绿化和卫生虫害防治管理等物业环境管理知识的掌握程度和综合运用能力。

掌握：物业清洁和绿化管理的内容，物业清洁基本标准及检查方法，绿化养护标准及检查方法。

熟悉：清洁、绿化管理的基本制度和要求。

了解：物业清洁、绿化的基本方法，物业卫生虫害防治的基本内容与方法。

重点内容

1. 物业清洁卫生管理
(1) 物业清洁卫生服务的基本内容；
(2) 物业清洁的基本操作方法；
(3) 物业清洁服务日常管理的方法。
2. 物业白蚁及卫生虫害防治
(1) 白蚁防治的方法；
(2) 其他虫害的防治。
3. 物业绿化管理
(1) 物业绿化管理的基本内容；
(2) 各类物业的绿化管理要求；
(3) 物业日常绿化管理的方法。

第一节 清洁卫生管理

本节要点

清洁卫生服务的内容与基本方法；清洁卫生管理制度的主要内容、清洁卫生日常管理方法；对多层小区和高层小区、写字楼注意检查的部位和内容。

复习题解

一、单项选择题题

1. 物业管理企业的管道疏通服务内容主要是（   ）。

A. 对公共区域的雨水污水排水主管、排水沟及化粪池等定期进行清掏

B. 为业主户内排水管道的堵塞提供上门疏通服务

C. 接受市政部门委托对市政管网的疏通服务

D. 确保业主户内排水给水管道的畅通不溢漏

【答案】 A

2. 以下物业管理服务中，属于安全性较大，操作技术要求较高的一项物业环境管理工作是（   ）。

A. 泳池清洁   B. 外墙清洗

C. 建筑物公共区域的清洁   D. 管道疏通服务

【答案】 B

3. 水质处理不包括对泳池水（   ）进行测试。

A. 水温   B. pH 值

C. 混浊度   D. 细菌含量

【答案】 A

4. 以下属于物业管理清洁服务的延伸服务的是（   ）。

A. 建筑物外公共区域的清洁   B. 建筑物内公共区域的清洁

C. 管道疏通服务   D. 上门有偿清洁服务

【答案】 D

5. 实行清洁卫生日检应覆盖小区的（   ）。

A. 室外公共区域   B. 楼内公共区域

C. 室内外公共区域   D. 并涵盖小区周边的公共区域

【答案】 C

6. 清洁卫生服务管理可以采用的方法是（   ）。

A. 自行作业   B. 外包管理

C. 代理管理   D. 自行作业或外包管理

【答案】 D

7. 专项检查的组织部门一般是（   ）。

A. 物业管理企业上级主管部门   B. 社区

C. 物业管理企业相关部门   D. 业主委员会

【答案】 C

二、多项选择题

1. 清洁卫生服务内容包括（   ）。

A. 物业管理企业办公区域清洁   B. 垃圾收集与处理、管道疏通服务

C. 外墙清洗、泳池清洁   D. 上门有偿清洁服务、专项清洁工作

E. 建筑物外公共区域清洁、建筑物内公共区域清洁

【答案】 BCDE

2. 建筑物外公共区域清洁包括（   ）。

A. 道路清洁、游乐场等公共设施清洁   B. 公共绿地清洁

C. 各种露天排水井沟的清洁   D. 水池景观清洁、露天停车场清洁

E. 电梯及公共楼梯走道清洁

【答案】 ABCD

3. 建筑物内公共区域的清洁包括（　　）。

A. 大堂清洁 B. 墙面清洁

C. 电梯及公共楼梯走道清洁 D. 卫生间清洁

E. 露天停车场清洁

【答案】 ABCD

4. 室内公共区域的清洁涉及到（　　）。

A. 各种不同材质装饰面的清洁与养护 B. 各种石材的保养及翻新、打蜡、晶面处理

C. 浇水养护 D. 地毯清洁与保养

E. 玻璃清洁

【答案】 ABDE

5. 物业管理单位垃圾的收集和处理工作包括（　　）。

A. 垃圾分类

B. 清运装修及建筑垃圾

C. 收集公共区域及业主住户日常生活垃圾

D. 将垃圾统一清运到市政垃圾填埋场填埋或焚烧

E. 垃圾的再利用

【答案】 ABCD

6. 物业管理企业的上门有偿清洁服务包括为了满足业主（客户）的需求而提供的上门（　　）。

A. 家居清洁 B. 清洁拓荒

C. 定期清洁 D. 专项清洁

E. 建筑物大堂清洁

【答案】 ABCD

7. 泳池清洁包括（　　）。

A. 室内设备清洁 B. 水面漂浮物清理

C. 室内墙面、顶棚清洁 D. 池壁清洁

E. 水质处理

【答案】 BDE

8. 清洁卫生操作的基本方法有（　　）。

A. 全面清扫、水清洗和管道疏通

B. 垃圾收集和垃圾处理

C. 泳池循环过滤、日常清洁和加药消毒

D. 外墙装饰面清洁保养、打蜡、抛光、晶面处理

E. 白蚁及卫生虫害防治和药杀

【答案】 ABCD

9. 物业管理单位的清洁卫生管理制度，除了主要各岗位的岗位职责外，还包括（　　）。

A. 各个岗位的工资及奖励标准 B. 各项清洁工作的标准操作工艺流程

C. 各个岗位的操作质量标准 D. 清洁质量检查及预防纠正机制

E. 员工行为规范

【答案】 BCDE

10. 多层住宅小区清洁卫生工作注意检查的内容包括（　　）。

A. 电梯顶棚、四壁、按钮积尘及痕印、轨槽内沙粒杂物

B. 停车篷（场）内及顶棚垃圾杂物、积尘，清洁工仪容仪表及工作纪律等

C. 业主信报箱上部的积尘，室外公共区域的垃圾杂物，公共区域各类乱张贴

D. 楼梯走道、底层楼梯下、顶棚积尘及蜘蛛网、生活杂物，楼梯扶手积尘

E. 室外沙井及排水明沟内的烟头等垃圾杂物、积水，绿化带内垃圾杂物

【答案】 BCDE

11. 高层住宅小区及写字楼清洁卫生管理应注意检查的内容包括（　　　）。

A. 清洁工仪容仪表及工作纪律等

B. 楼梯走道、底层楼梯下、顶棚积尘及蜘蛛网、生活杂物

C. 电梯顶棚、四壁、按钮积尘及痕印、轨槽内沙粒杂物，信报箱、窗台等上平面积尘，绿化带、花坛内垃圾杂物

D. 室外沙井及排水明沟内烟头等垃圾杂物、积水，各类机房、设备房内的积尘，地下停车场排水沟积水及杂物、管线积尘等

E. 大堂地面光泽度，各公共区域地脚线积尘，公共区域玻璃痕印、地面垃圾杂物、乱张贴

【答案】 ACDE

第二节　白蚁及卫生虫害防治

本节要点

白蚁防治的方法、适用条件；鼠害防治的主要方法；蚊子防治的主要方法；蝇防治的主要方法；蟑螂防治的主要方法；白蚁、鼠、蚊子、蝇、蟑螂的生活规律。

复习题解

一、单项选择题

1. 根据蚁路、空气孔、分飞孔及兵蚁、工蚁的分布等判断找出蚁巢后将其挖除的办法为（　　　）。

A. 挖巢法　　　　B. 药杀法　　　　C. 诱杀法　　　　D. 生物防治法

【答案】 A

2. 通过在白蚁蛀食的食物中或在白蚁主要出入的蚁路中喷入白蚁药物，使出入的白蚁身体粘上白蚁药粉，药粉通过相互传染传递给其他白蚁，导致整巢白蚁中毒死亡的白蚁防治的方法为（　　　）。

A. 挖巢法　　　　B. 药杀法　　　　C. 诱杀法　　　　D. 生物防治法

【答案】 B

3. 利用白蚁的天敌或病菌对白蚁进行灭杀的方法是（　　　）。

A. 挖巢法　　　　B. 药杀法　　　　C. 诱杀法　　　　D. 生物防治法

【答案】 D

4. 灯光诱杀白蚁使用的时候主要在白蚁（　　　）。

A. 回巢时　　　　B. 分飞时　　　　C. 产卵时　　　　D. 生长时

【答案】 B

5. 采用挖巢法消灭白蚁的最好季节是在（ ）。

A. 春季   B. 夏季   C. 秋季   D. 冬季

【答案】 D

二、多项选择题

1. 白蚁防治的方法有（ ）。

A. 挖巢法   B. 药杀法

C. 诱杀法   D. 生物防治法

E. 化学灭杀法

【答案】 ABCD

2. 诱杀白蚁主要用于（ ）。

A. 发现白蚁又未能确定蚁巢地点   B. 药杀法不能彻底消灭时使用

C. 知道蚁巢地点并能将其挖出   D. 知道蚁巢地点又不能将其挖出

E. 发现白蚁并确定蚁巢地点

【答案】 ABD

3. 卫生虫害就是各种有害生物，尤其是病媒生物，包括（ ）。

A. 螳螂   B. 苍蝇

C. 蟑螂   D. 蚊子

E. 老鼠

【答案】 BCDE

4. 鼠害的防治的主要方法有（ ）。

A. 防鼠   B. 化学灭鼠

C. 器械灭鼠   D. 生物灭鼠

E. 化学灭鼠

【答案】 ABCD

5. 蚊子的防治方法主要有（ ）。

A. 器械灭蚊   B. 环境整治

C. 药杀灭蚊   D. 诱杀灭蚊

E. 生物灭蚊

【答案】 BC

6. 苍蝇防治的主要方法有（ ）。

A. 环境整治   B. 诱杀

C. 药杀   D. 生物灭杀

E. 器械灭杀

【答案】 ABC

7. 判断找出蚁巢的根据一般是（ ）。

A. 蚁路   B. 空气孔

C. 分飞孔   D. 兵蚁、工蚁的分布

E. 蚁后的出行路线

【答案】 ABCD

8. 生物灭鼠方法灭鼠利用的是（   ）。

A. 鼠类天敌   B. 病原微生物

C. 不育遗传   D. 鼠药

E. 鼠夹

【答案】 ABC

9. 药杀灭蚊的方法包括（   ）。

A. 组织员工集体灭蚊

B. 在鱼塘、菜地沟积水投放球型芽胞杆菌类等生物制剂灭蚊幼虫

C. 采用超低容量喷雾或打烟炮等方法喷洒杀虫剂或等方法来对付成蚊

D. 在无法清除的积水（如下水道进水口等）投放浸药木塞或杀虫剂杀灭蚊幼虫

E. 点燃灭蚊片的方法来对付成蚊

【答案】 BCDE

第三节 绿 化 管 理

本节要点

绿化管理的内容；绿化管理的基本要求和对不同物业的针对性要求；对各类绿化植物检查的重点内容。

复习题解

一、单项选择题

1. 草坪翻新与补植、绿篱翻新补植、林下绿地改造、园林建筑小品翻新、花坛植物更换等属于绿化管理的（   ）。

A. 翻新改造   B. 日常管理   C. 环境布置   D. 绿化有偿服务

【答案】 A

2. 在绿化工程施工中按设计要求栽种绿化苗木为（   ）。

A. 苗圃花木种植   B. 花场花木种植

C. 工程苗木种植   D. 花场苗木种植

【答案】 C

3. 物业管理企业为了方便绿化管理而自建花木生产基地，用于时令花卉栽培、苗木繁殖及花木复壮养护等为（   ）。

A. 苗圃花木种植   B. 花场花木种植

C. 工程苗木种植   D. 花场苗木种植

【答案】 A

二、多项选择题

1. 物业管理单位绿化管理的工作内容除了日常绿化养护管理工作外，还包括（   ）。

A. 绿化有偿服务   B. 翻新管理

C. 花木种植   D. 环境布置

E. 绿化人员培训

【答案】 ABCD

2. 花场花木种植工作包括（ ）。

A. 时令花卉栽培   B. 荫生植物繁殖与栽培

C. 苗木繁殖、撤出花木复壮养护   D. 盆景制作

E. 绿化苗木

【答案】 ABCD

3. 绿化有偿服务包括（ ）。

A. 花木种植   B. 园林设计施工、花艺装饰服务

C. 绿化代管   D. 花木出租出售

E. 插花及开办盆景培训班、花卉知识培训班

【答案】 BCDE

4. 绿化管理的基本要求包括（ ）。

A. 加强枯枝黄叶的清理及绿化保洁工作

B. 及时对妨碍业主、物业使用人活动的绿化植株进行改造，减少人为践踏对绿化造成的危害

C. 创建社区环境文化，加强绿化保护宣传

D. 对破坏绿化者给予严厉处罚，张贴处罚决定

E. 保持植物正常生长

【答案】 ABCE

5. 乔木类绿化植物日常检查的重点内容包括（ ）。

A. 虫害、病害的情况   B. 有无枯黄枝及折断枝

C. 植物长势及肥水，植物修剪情况   D. 有无垃圾杂物

E. 攀爬及寄生植物情况

【答案】 ABCE

6. 针对灌木绿化植物日常检查的重点内容包括（ ）。

A. 植物虫害、病害的情况

B. 有无攀爬及寄生植物，植物生长势，松土除草状况

C. 植物肥水状况，有无枯黄枝及折断枝

D. 植物修剪、造型状况

E. 有无垃圾杂物

【答案】 ABCD

7. 在绿化植物日常检查中，需要检查有无垃圾杂物的植物种类有（ ）。

A. 灌木   B. 绿篱及造型植物

C. 地栽花卉   D. 草坪

E. 乔木

【答案】 BCD

第九章 公共秩序管理服务

本部分的考试目的是测试考生对物业公共安全、治安防范、消防管理、车辆管理等公共秩序管理服务知识和相关法规的掌握程度和综合运用能力。

掌握：物业公共安全的内容与要求，治安防范注意事项，消防检查的内容与方法，消防安全预案的制定，车辆管理的方法与要求。

熟悉：物业安全防范服务的内容和检查方法，义务消防队伍的建设，动火安全管理，车辆管理的注意事项。

了解：消防制度制定，消防器材的配备、使用与维护，公共秩序管理相关法规。

重点内容

1. 物业公共安全防范管理服务
(1) 物业管理安全防范内容；
(2) 物业管理安全防范工作检查方法；
(3) 物业管理治安防范注意事项。
2. 物业消防管理
3. 物业车辆停放管理
(1) 车辆管理方法与要求；
(2) 车辆管理注意事项。
4. 公共秩序管理相关法规

第一节 公共安全防范管理服务

本节要点

公共安全防范管理服务的内容；出入管理安防人员要求；常用的安防系统使用区域、系统组成；配合政府开展的社区管理内容；安全防范服务的要求；安全防范工作检查方法；安全防范注意事项。

复习题解

一、单项选择题

1. 安全防范工作日检由（　　）负责。

A. 安防队伍的各班班组长　　　　B. 安防主管及项目领导

C. 指定人员　　　　　　　　　　D. 指定的督查人员

【答案】 A

2. 安全防范工作周检由（ ）负责。

A. 安防队伍的各班班组长　　　　B. 安防主管及项目领导

C. 指定人员　　　　　　　　　　D. 指定的督查人员

【答案】 B

3. 安全防范工作月检由（ ）负责。

A. 安防队伍的各班班组长　　　　B. 安防主管及项目领导

C. 指定人员　　　　　　　　　　D. 指定的督查人员

【答案】 C

4. 安全防范工作督查由（ ）负责。

A. 安防队伍的各班班组长　　　　B. 安防主管及项目领导

C. 指定人员　　　　　　　　　　D. 指定的督查人员

【答案】 A

5. 遇到有人在公共区域聚众闹事，应立即向（ ）报告。

A. 公安机关　　　B. 上级主管部门　　C. 上级领导　　　　D. 居委会

【答案】 A

6. 遇到有人在公共区域聚众闹事，除立即向公安机关报告外，还应及时（ ）。

A. 上报上级领导　　　　　　　　B. 报告本区居委会

C. 报告街道办事处　　　　　　　D. 房地产行政主管部门

【答案】 A

7. 管辖区发生坠楼等意外事故，应立即通知（ ）。

A. 急救单位　　　　　　　　　　B. 公安机关

C. 家属　　　　　　　　　　　　D. 急救单位、公安机关和家属

【答案】 D

二、多项选择题

1. 物业管理区域内公共安全防范管理服务的内容包括（ ）。

A. 出入管理　　　　　　　　　　B. 安防系统的使用、维护和管理

C. 施工现场的管理　　　　　　　D. 配合政府开展社区管理

E. 公共区域的清洁管理

【答案】 ABCD

2. 常用的安防系统有（ ）。

A. 房屋及设施设备紧急抢修系统　　B. 自动消防监控系统

C. 门禁系统、自动呼救系统　　　　D. 道闸系统、巡更系统和燃气自动报警系统

E. 闭路监控系统、红外报警系统

【答案】 BCDE

3. 在出入管理中，安防人员应（ ）。

A. 熟悉国家有关法律法规、本小区公共秩序管理服务规章制度

B. 熟悉本岗位工作规程及相关安防设施设备的使用方法

C. 合理控制出入管理环节，认真履行岗位职责

D. 发现异常情况及时采取相应防范措施

E. 严格禁止并阻止外来车辆和人员进入本小区

【答案】 ABCD

4. 安全防范工作检查方法有（   ）。

A. 日检   B. 周检

C. 月检   D. 抽检

E. 督查

【答案】 ABCE

5. 安全防范工作日检的检查内容包括（   ）。

A. 仪表礼节、服务态度   B. 工作纪律

C. 工作质量、工作记录   D. 业主意见收集反馈

E. 交接班、岗位形象和安全隐患

【答案】 ABCE

6. 安全防范周检除日检内容外，还包括（   ）。

A. 现场管理效果及过程管理记录   B. 各类安防设施设备的检查

C. 业主意见收集反馈   D. 班组长检查记录

E. 安全隐患分析

【答案】 BCDE

7. 对安防人员的仪表和礼貌礼仪的要求包括（   ）。

A. 执勤时整洁着装、佩带工牌号，办事高效，坚持原则，礼貌待人

B. 精神饱满，站立、行走姿态规范

C. 执勤中认真履行职责，不脱岗、不做与工作无关事情

D. 举止文明大方，主动热情，耐心周到

E. 随心所欲，服从自己的习惯

【答案】 ABCD

8. 管辖区内公共区域有疯、傻、醉等特殊人员进入或闹事时，应（   ）。

A. 将其劝离本辖区   B. 通知家属、单位将其领走

C. 通知公安机关将其领走   D. 将其给予强制限制人身自由

E. 通知单位将其领走

【答案】 ABCE

三、问答题

治安防范的注意事项有哪些？

【答案要点】 治安防范的注意事项有：

（1）遇到有人在公共区域聚众闹事，应立即向公安机关报告，并及时上报上级领导，协助公安机关迅速平息事件，防止事态扩大。

（2）遇有违法犯罪分子正在进行盗窃、抢劫、行凶和纵火等违法犯罪活动时，应立即报警，协助公安机关制止，并采取积极措施予以抢救、排险，尽量减少损失。对于已发生的案件，应做好现场的保护工作，以便公安机关进行侦查破案。

（3）管辖范围内公共区域有疯、傻、醉等特殊人员进入或闹事时，应将其劝离管辖区，

或通知其家属、单位或公安派出所将其领走。

（4）辖区公共区域内出现可疑人员，要留心观察，必要时可礼貌查问。

（5）管辖区域内发生坠楼等意外事故，应立即通知急救单位及公安部门、家属，并围护好现场。并做好辖区客户的安抚工作，等待急救单位及公安部门前来处理。

第二节 消防管理

本节要点

义务消防队员的构成、工作内容和训练；消防制度的类别；物业消防安全检查的内容、消防安全检查的组织方式和形式；消防安全检查的程序和要求；动火前管理要求及动火过程中的要求；重点防火物业种类；灭火方案的要求、灭火预案的内容；消防器材的配备、使用与维护。

复习题解

一、单项选择题

1. 义务消防队伍中，应由年轻力壮、身体素质好、反应灵敏和责任心强的人员担当的是（　　）。

A. 指挥组　　　　　　　　　　B. 通信组和设备组

C. 警戒组　　　　　　　　　　D. 灭火组和救援组

【答案】 D

2. 义务消防队伍中，应由具有消防设备操作及维护知识的人员担当的是（　　）。

A. 指挥组　　　　　　　　　　B. 设备组

C. 警戒组和通信组　　　　　　D. 灭火组和救援组

【答案】 B

3. 义务消防队伍是日常消防检查、消防知识宣传及初始火灾抢救扑灭的（　　）。

A. 中坚力量　　B. 主导力量　　C. 辅助力量　　D. 替补力量

【答案】 A

4. 义务消防队伍应每年进行（　　）次消防实战演习。

A. 1　　　　　B. 1~2　　　　C. 2　　　　　D. 3

【答案】 B

5. 消防工作的指导原则是（　　）。

A. 预防为主，防消结合　　　　B. 重点突出，防消结合

C. 日常检查为主，重大活动重点检查　D. 专职检查为主，自查自防结合

【答案】 A

6. 重点部位动火需要由（　　）。

A. 消防主管领导批准

B. 消防管理负责人批准

C. 消防主管领导会同消防管理负责人会审

D. 物业管理主要负责人批准

【答案】 C

7. 一般住宅区内，多层建筑中每层楼的消防栓（箱）内均应配置（   ）瓶灭火器。

A. 1　　　　　B. 2　　　　　C. 3　　　　　D. 4

【答案】 B

8. 一般住宅区内，高层和超高层物业每层楼的消防栓（箱）内均应配置（   ）瓶灭火器。

A. 1　　　　　B. 2　　　　　C. 3　　　　　D. 4

【答案】 D

9. 一般住宅区内，每个消防栓（箱）内均应配置（   ）盘水带。

A. 1　　　　　B. 1～2　　　　　C. 2　　　　　D. 3

【答案】 B

二、多项选择题

1. 义务消防队伍中，应由具有消防设备操作及维护知识的人员担当的是（   ）。

A. 指挥组　　　　　　　　　　B. 灭火组

C. 设备组和通信组　　　　　　D. 救援组

E. 警戒组

【答案】 BD

2. 物业管理企业消防管理规定包括的内容有（   ）。

A. 企业消防管理机构及运作方式　　B. 消防安全岗位责任和奖惩规定

C. 消防安全行为　　　　　　　　　D. 消防保障要求和消防事故处理报告制度

E. 消防系统维护

【答案】 ABCD

3. 在消防安全检查组织形式上可采取的方法包括（   ）。

A. 形式检查和实质检查相结合　　B. 日常检查和重点检查相结合

C. 全面检查和抽样检查相结合　　D. 社区检查和物业管理企业自检相结合

E. 物业管理企业检查和业主检查相结合

【答案】 BC

4. 消防安全检查的具体方法包括（   ）。

A. 专职部门检查　　　　　　B. 各部门、各项目的自查

C. 日常检查　　　　　　　　D. 重大节日检查和重大活动检查

E. 上级检查

【答案】 ABCD

5. 在以下情形中，不能动火的有（   ）。

A. 防火、灭火设施不落实，周围的易燃杂物未清除，附近难以移动的易燃结构未采取安全防范措施

B. 盛装过油类等易燃液体，未经洗刷干净、排除残存的油质的容器、管道和盛装过受热膨胀有爆炸危险的气体的容器和管道

C. 经消防主管领导会同消防管理负责人会审批准

D. 储有易燃、易爆物品的车内、仓库和场所，未经排除易燃、易爆物品

E. 在高空进行焊接或切割作业时，下面的可燃物品未清理或未采取安全防护措施

【答案】　ABDE

6. 以下物业中，属于重点防火的物业有（　　）。

A. 大型物资仓库以及工厂较为密集区　B. 高层及超高层和度假村

C. 酒店、商场、写字楼　　　　　　　D. 生产易燃易爆的工厂

E. 普通住宅和经济适用住宅

【答案】　ABCD

7. 以下房屋的组成部位中，属于重点防火部位的有（　　）。

A. 机房和地下人防工程　　　　　　　B. 公共娱乐场所、桑拿浴室及卡拉 OK 厅

C. 业主专用会所　　　　　　　　　　D. 资料库和计算机中心

E. 大堂和过道、电梯间

【答案】　ABCD

8. 大型物业管理区域的一般消防器材配备应包括（　　）。

A. 消防头盔、消防战斗服、消防手套、消防战斗靴、消防安全带、消防腰斧

B. 安全钩、保险钩

C. 滑梯

D. 个人导向绳、安全滑绳

E. 照明灯具

【答案】　ABCD

9. 各类机房内主要配置的灭火器材有（　　）。

A. 固定灭火器材　　　　　　　　　　B. 推车式灭火器

C. 水带　　　　　　　　　　　　　　D. 水枪

E. 消防卷盘

【答案】　AB

三、问答题

1. 义务消防队员的工作有哪些？

【答案要点】　义务消防队员的工作有：

（1）负责消防知识的普及、宣传和教育；

（2）负责消防设施设备及日常消防工作的检查；

（3）负责消防监控报警中心的值班监控；

（4）发生火灾时应配合消防部门实施灭火扑救。

2. 消防安全检查的程序如何？

【答案要点】　消防安全检查的基本程序是：

（1）按照部门制定的巡查路线和巡检部位进行检查。

（2）确定被检查的部位和主要检查内容得到检查。

（3）对检查内容的完好情况进行判断，并通过直观检查法或采用现代技术设备进行检查，然后把检查结果和检查情况进行综合分析，最后作出结论，进行判断，提出整改意见和对策。

（4）对检查出的消防问题在规定时间内进行整改，对不及时整改的应予以严肃处理。对问题严重或不能及时处理的应上报有关部门。

（5）对检查情况进行登记存档，分析总结，提出检查安全报告。

3. 消防安全检查有哪些要求？

【答案要点】 消防安全检查的要求有：

（1）深入楼层对重点消防保卫部位进行检查，必要时应做系统调试和试验；

（2）检查公共通道的物品堆放情况，做好电气线路及配电设备的检查；

（3）对重点设施设备和机房进行深层次的检查，发现问题立即整改；

（4）对消防隐患问题，立即处理；

（5）应注意检查通常容易忽略的消防隐患，如单元门及通道前堆放单车和摩托车，过道塞满物品，疏散楼梯间应急指示灯不亮，配电柜（箱）周围堆放易燃易爆物品等。

第三节　车辆停放管理服务

本节要点

车辆管理的人员；车辆出入管理方式；车辆停放管理服务；车辆管理注意事项。

复习题解

一、单项选择题

1. 对物业管理区域内出入及停放的车辆，宜采用的管理方式是（　　）。

A. 出入卡证管理　　　　　　　　B. 出入许可证管理

C. 身份证管理　　　　　　　　　D. 停车许可管理

【答案】 A

二、多项选择题

1. 物业区域车辆管理服务人员包括（　　）。

A. 小区车辆交通的疏导人员　　　B. 小区外交通协管人员

C. 停车场维护人员　　　　　　　D. 车辆收费管理人员

E. 小区车辆交通管理人员

【答案】 ACDE

2. 物业管理区域内可办理的车辆出入证卡方式有（　　）。

A. 月卡　　　　　　　　　　　　B. 年卡

C. 临时卡　　　　　　　　　　　D. 季卡

E. 永久卡

【答案】 ABC

3. 出现以下情形的，车辆管理人员应该及时劝阻的有（　　）。

A. 有固定车位而任意停放的　　　B. 不按规定任意停放的

C. 在消防通道停车的　　　　　　D. 车辆损坏停在小区内的

E. 有贵重物品遗留车内的

【答案】　ABC

4. 车主首次申请办理停车年卡或月卡时应提交的资料包括（　　）。

A. 本人身份证原件及复印件　　　　B. 驾驶证原件及复印件

C. 车辆行驶证原件及复印件　　　　D. 户口簿原件及复印件

E. 单位出具的收入证明及身份证明

【答案】　ABCD

5. 停车协议应该明确车辆停放服务关系，这些关系包括（　　）。

A. 有偿停放　　　　　　　　　　　B. 保管停放

C. 车位出租停放　　　　　　　　　D. 无偿停放

E. 有保险停放

【答案】　ABCD

第十章 物业管理风险防范与紧急事件

本部分的考试目的是测试考生对物业管理风险及其防范、典型紧急事件的处理的掌握程度和综合运用能力。

掌握：物业管理风险防范与处理紧急事件的相关法规；物业管理风险的内容，典型紧急事件的处理。

熟悉：物业管理风险防范的措施，处理紧急事件的要求，处理紧急事件的过程。

了解：物业管理风险的特点，紧急事件的类型。

重点内容

1. 风险和物业管理风险的相关知识

2. 物业管理风险的内容

（1）早期介入的风险；

（2）前期物业管理的风险；

（3）日常物业管理的风险。

3. 物业管理风险防范的措施

4. 物业管理紧急事件的界定

5. 物业管理紧急事件的处理

6. 火警、燃气泄漏、电梯故障、噪声侵扰、电力故障、浸水漏水、高空坠物、交通意外处理、刑事案件和台风袭击等典型紧急事件的处理

第一节 物业管理风险的内容及防范管理

本节要点

风险的概念，物业管理风险类型；早期介入的风险内容、前期物业管理的风险包括的内容、日常物业管理风险的类型；物业物业管理风险防范的措施。

复习题解

一、单项选择题

1. 物业管理员工服务过程中的风险属于（　　）。

A. 早期介入的风险　　　　　　B. 前期物业管理的风险

C. 日常管理的风险　　　　　　D. 市场风险

【答案】　C

2. 前期物业管理合同是（　　　）。

A. 附生效条件的合同　　　　　　　B. 附解除条件的合同

C. 没有附条件的合同　　　　　　　D. 附生效条件和解除条件的合同

【答案】　B

3. 前期物业管理合同期限未满，业主委员会与物业管理企业签订的物业管理合同生效的，前期物业管理合同（　　　）。

A. 届满时终止　　　　　　　　　　B. 终止

C. 继续执行，新的物业管理合同无效　D. 何新的物业管理合同并行执行

【答案】　B

4. 在订立前期物业服务合同时，居于主导地位的是（　　　）。

A. 业主　　　　　　　　　　　　　B. 业主委员会

C. 建设单位　　　　　　　　　　　D. 物业管理企业

【答案】　C

5. 前期物业服务合同是（　　　）。

A. 具有管理特征的集体合同　　　　B. 具有委托性质的集体合同

C. 附有生效条件的合同　　　　　　D. 反映国家意志的强制性合同

【答案】　B

6. 员工违规操作引发的问题，按照法律称为（　　　）。

A. 第三方责任　　　　　　　　　　B. 雇主责任

C. 员工责任　　　　　　　　　　　D. 免则责任

【答案】　B

二、多项选择题

1. 早期介入的风险包括（　　　）。

A. 合同订立的风险　　　　　　　　B. 合同执行的风险

C. 专业服务咨询的风险　　　　　　D. 物业违规装饰装修带来的风险

E. 项目接管的不确定性带来的风险

【答案】　CE

2. 日常管理风险按行为主体分类，可包括（　　　）。

A. 业主（或物业使用人）在使用物业和接受物业服务过程中的风险

B. 物业管理项目外包服务过程中的风险

C. 前期物业管理的风险

D. 物业管理员工服务过程中的风险

E. 公共媒体宣传报道中的舆论风险和市政公用事业单位服务过程中的风险

【答案】　ABDE

3. 前期物业管理的风险有（　　　）。

A. 合同期限风险　　　　　　　　　B. 合同订立的风险

C. 合同执行的风险　　　　　　　　D. 物业使用带来的风险

E. 法律概念不清导致的风险

【答案】　ABC

4. 业主或使用人在使用物业和接受物业服务过程中存在的日常物业管理风险由（　　）组成。

    A. 管理费收缴风险　　　　　　　　B. 替公用事业费用代收代缴存在的风险

    C. 物业违规装饰装修带来的风险　　D. 物业使用带来的风险

    E. 法律概念不清导致的风险

【答案】　CDE

5. 物业管理日常物业管理过程中存在的风险有（　　）。

    A. 管理费收缴风险　　　　　　　　B. 法律概念不清导致的风险

    C. 管理项目外包存在的风险　　　　D. 物业员工服务存在的风险

    E. 替公用事业费用代收代缴存在的风险和公共媒体在宣传报道中的舆论风险

【答案】　ACDE

6. 以下前期物业管理企业需要办理的事项中，需要物业建设单位的支持与配合的有（　　）。

    A. 物业相关资料的移交　　　　　　B. 物业管理用房

    C. 商业经营用房的移交　　　　　　D. 空置房管理费缴纳

    E. 入住准备资料

【答案】　ABCD

7. 业主或物业使用人违规装饰装修，带来的后果包括（　　）。

    A. 造成物业共用部位损坏、安全隐患和邻里纠纷

    B. 造成物业全面损坏、安全隐患和邻里纠纷

    C. 使物业管理企业承担一定的物业装饰装修管理责任

    D. 减少物业管理的运行、维修和维护成本

    E. 增加物业管理的运行、维修和维护成本

【答案】　ACE

8. 为了防范物业管理风险，物业管理企业需要不断提高员工的（　　）。

    A. 服务意识　　　　　　　　　　　B. 工资水平

    C. 服务技能　　　　　　　　　　　D. 政治思想觉悟

    E. 风险防范意识

【答案】　ACE

9. 为了防范物业管理风险，物业管理企业需要通过（　　）改进经营管理方式。

    A. 机制创新　　　　　　　　　　　B. 管理创新

    C. 科技创新　　　　　　　　　　　D. 费用类型创新

    E. 规避责任创新

【答案】　ABC

10. 为了防范物业管理风险，物业管理企业需要妥善处理的物业管理活动相关主体间的关系包括（　　）。

    A. 与业主的关系

    B. 与建设单位的关系

    C. 与市政公用事业单位及专业公司的关系

D. 与政府相关行政主管部门、街道办和居委会的关系

E. 与建设监理、质量验收单位之间的关系

【答案】 ABCD

第二节 紧急事件处理

本节要点

紧急事件的概念和性质；处理紧急实现的要求；处理紧急事件的处理过程；火警、燃气泄漏、电梯故障、噪声侵扰、电力故障、酒酿水、漏税、高空坠物、交通意外、刑事事件、台风袭击的处理方法。

复习题解

一、单项选择题

1. 紧急事件领导小组的参加人员包括（　　）。

A. 公关部门、质量管理部门、技术部门领导及法律顾问

B. 企业的高层决策者、质量管理部门、技术部门领导及法律顾问

C. 企业的高层决策者，公关部门、质量管理部门领导及法律顾问

D. 企业的高层决策者，公关部门、质量管理部门、技术部门领导及法律顾问

【答案】 D

2. 在发生紧急事件时，首先必须确认的是危机的（　　）。

A. 类型　　　　B. 性质　　　　C. 类型或性质　　　　D. 类型和性质

【答案】 D

3. 对物业管理常见的紧急事件，针对同一种类型的事件要制定的预选方案必须在（　　）个以上。

A. 两　　　　B. 三　　　　C. 四　　　　D. 五

【答案】 A

4. 对于紧急事件的善后处理，除了要考虑如何弥补损失和消除事件后遗症，还要总结紧急事件处理过程，评估应急方案的（　　）。

A. 收益性　　　　B. 客观性　　　　C. 成本　　　　D. 有效性

【答案】 D

二、多项选择题

1. 紧急事件的性质包括（　　）。

A. 紧急事件能否发生、何时何地发生，以什么方式发生，发生的程度如何，均是难以预料的，具有极大的偶然性和随机性

B. 紧急事件的复杂性不仅表现在事件发生的原因相当复杂，还表现在事件发展变化也是相当复杂的

C. 不论什么性质和规模的紧急事件，都会给企业造成经济上的巨大的损失

D. 面对突如其来的、不可预见的紧急关头或困境，必须立即采取行动以避免造成灾难

和扩大损失

E. 随着现代科技的发展和人类文明程度的提高,人们对各种紧急事件的控制和利用能力也在不断提高

【答案】 ABDE

2. 任何紧急事件都有(　　)的过程。

A. 潜伏、暴发　　　　　　　　B. 高潮、缓解

C. 消退　　　　　　　　　　　D. 发现、认识

E. 处理

【答案】 ABC

三、问答题

1. 发生火警应该如何处理?

【答案要点】 发生火警应该:

(1) 了解和确认起火位置、范围和程度;

(2) 向公安消防机关报警;

(3) 清理通道,准备迎接消防车入场;

(4) 立即组织现场人员疏散。在不危及人身安全的情况下抢救物资;

(5) 组织义务消防队。在保证安全的前提下接近火场,用适当的消防器材控制火势;

(6) 及时封锁现场,直到有关方面到达为止。

2. 发生燃气泄露应该如何处理?

【答案要点】 发生燃气泄露应该:

(1) 当发生易燃气体泄漏时,应立即通知燃气公司;

(2) 在抵达现场后,要谨慎行事,不可使用任何电器(包括门铃、电话、风扇等)和敲击金属,避免产生火花;

(3) 立即打开所有门窗,关闭燃气闸门;

(4) 情况严重时,应及时疏散人员;

(5) 如发现有受伤或不适者,应立即通知医疗急救单位;

(6) 燃气公司人员到达现场后,应协助其彻底检查,消除隐患。

3. 发生电梯故障该如何处理?

【答案要点】 发生电梯故障应该:

(1) 当乘客被困电梯时,消防监控室应仔细观察电梯内情况,通过对讲系统询问被困者并予以安慰;

(2) 立即通知电梯专业人员到达现场救助被困者;

(3) 被困者内如有小孩、老人、孕妇或人多供氧不足的须特别留意,必要时请消防人员协助;

(4) 督促电梯维保单位全面检查,消除隐患;

(5) 将此次电梯事故详细记录备案。

4. 发生噪声侵扰该如何处理?

【答案要点】 发生噪声侵扰应该:

(1) 接到噪声侵扰的投诉或信息后,应立即派人前往现场查看;

（2）必要时通过技术手段或设备，确定噪声是否超标；

（3）判断噪声侵扰的来源，针对不同噪声源，采取对应的解决措施；

（4）做好与受噪声影响业主的沟通、解释。

5. 发生电离故障该如何处理？

【答案要点】　发生电离故障应该：

（1）若供电部门预先通知大厦/小区暂时停电，应立即将详细情况和有关文件信息通过广播、张贴通知等方式传递给业主，并安排相应的电工人员值班；

（2）若属于因供电线路故障，大厦/小区紧急停电，有关人员应立即赶到现场，查明确认故障源，立即组织抢修；有备用供电线路或自备发电设备的，应立即切换供电线路；

（3）当发生故障停电时，应立即派人检查确认电梯内是否有人，做好应急处理；同时立即通知住户，加强消防和安全防范管理措施，确保不至于因停电而发生异常情况；

（4）在恢复供电后，应检查大厦内所有电梯、消防系统、安防系统的运作情况。

6. 发生浸水、漏水如何处理？

【答案要点】　发生浸水、漏水应该：

（1）检查漏水的准确位置及所属水质（自来水、污水、中水等），设法制止漏水（如关闭水阀）；

（2）若漏水可能影响变压器、配电室和电梯等，通知相关部门采取紧急措施；

（3）利用现有设备工具，排除积水，清理现场；

（4）对现场拍照，作为存档及申报保险理赔证明。

7. 发生高空坠物如何处理？

【答案要点】　发生高空坠物应该：

（1）在发生高空坠物后，有关管理人员要立即赶到现场，确定坠物造成的危害情况。如有伤者，要立即送往医院或拨打急救电话；如造成财物损坏，要保护现场、拍照取证并通知相关人员；

（2）尽快确定坠落物来源；

（3）确定坠落物来源后，及时协调受损/受害人员与责任人协商处理；

（4）事后应检查和确保在恰当位置张贴"请勿高空抛物"的标识，并通过多种宣传方式，使业主自觉遵守社会公德。

8. 发生交通意外如何处理？

【答案要点】　发生交通意外应该：

（1）在管理区域内发生交通意外事故，安全主管应迅速到场处理；

（2）有人员受伤应立即送往医院，或拨打急救电话；

（3）如有需要，应对现场进行拍照，保留相关记录；

（4）应安排专门人员疏导交通，尽可能使事故不影响其他车辆的正常行驶；

（5）应协助有关部门尽快予以处理；

（6）事后应对管理区域内交通路面情况进行检查，完善相关交通标识、减速坡、隔离墩等的设置。

9. 发生刑事案件如何处理？

【答案要点】　发生刑事案件应该：

（1）物业管理单位或控制中心接到案件通知后，应立即派有关人员到现场；

（2）如证实发生犯罪案件，要立即拨打110报警，并留守人员控制现场，直到警方人员到达；

（3）禁止任何人在警方人员到达前触动现场任何物品；

（4）若有需要，关闭出入口，劝阻住户及访客暂停出入，防止疑犯乘机逃跑；

（5）积极协助警方维护现场秩序和调查取证等工作。

四、综合分析题

（一）2006年12月12日上午9：30左右，控制中心收到报警，发现C座六楼厨房附近窗户有浓烟冒出。

1. 该控制中心接到报警后应该立即采取的行动是（　　　）。

A. 通知安防人员携带工具到现场灭火

B. 立即启动紧急事件预案

C. 拨打110报警

D. 关闭电源和燃气阀门

【答案】　ABD

2. 物业收到业主报告六层六号房屋门口有燃气味道，确认燃气泄漏，应该采取的行动是（　　　）。

A. 组织安防人员打开房门之后，立即打开门窗，并电话通知业主

B. 打开房门，关闭燃气闸门

C. 安防中心立即通知燃气公司

D. 情况严重时，应及时疏散人员

【答案】　BCD

3. 若有老人或儿童被困电梯，情况紧急时可请求协助的是（　　　）。

A. 消防人员　　　　　　　　　B. 电梯专业人员

C. 公安人员　　　　　　　　　D. 物业维修人员

【答案】　A

4. 当乘客被困电梯时，消防监控室应仔细观察电梯内情况，通过对讲系统询问被困者并予以安慰，立即通知到达现场救助被困者的是（　　　）。

A. 消防人员　　　　　　　　　B. 电梯专业人员

C. 公安人员　　　　　　　　　D. 物业维修人员

【答案】　B

5. 对于紧急事件的善后处理，除了要考虑如何弥补损失和消除事件后遗症，还要总结紧急事件处理过程，评估应急方案的（　　　）。

A. 收益性　　　　　　　　　　B. 客观性

C. 成本　　　　　　　　　　　D. 有效性

【答案】　D

第十一章 财务管理

考试要点

本部分的考试目的是测试考生对物业管理企业的财务管理，物业管理项目的财务管理，酬金制、包干制与物业服务费的测算编制，住宅专项维修资金以及相关法规等知识的掌握程度和综合运用能力。

掌握：物业管理企业的营业收入、成本费用、税费和利润，物业服务费成本（支出）构成。

熟悉：物业管理项目财务管理，酬金制与包干制的内容，物业服务费核算要点及方法，住宅专项维修资金的作用、来源及管理。

了解：酬金制和包干制的财务特征。

重点内容

1. 物业管理企业的财务管理
（1）物业管理企业的主营业务收入和其他业务收入；
（2）物业管理企业的成本费用和税费；
（3）物业管理企业的利润。
2. 物业管理项目的财务管理
3. 物业管理酬金制、包干制与物业服务费用的测算编制
（1）酬金制与包干制的内容和特点；
（2）物业服务成本或物业服务支出；
（3）物业服务费编制依据；
（4）物业服务费核算方法。
4. 住宅专项维修资金的作用、来源和管理

第一节 物业管理企业财务管理

本节要点

物业管理企业营业收入的内容及其管理；物业企业管理的营业成本的内容及成本费用的管理；物业管理企业其他业务支出的内容、物业管理企业税费的内容及其管理规定；物业管理企业利润的构成及其计算。

复习题解

一、单项选择题

1. 物业管理企业的废品回收收入属于（   ）。

　　A. 主营业务收入　　　　　　　　B. 副营业务收入

　　C. 其他业务收入　　　　　　　　D. 次要业务收入

【答案】　C

　　2. 物业管理企业接收物业产权人、使用人的委托，对房屋共用部位、共用设施设备进行大修取得的收入为（　　　）。

　　A. 物业管理收入　　　　　　　　B. 物业经营收入

　　C. 物业大修收入　　　　　　　　D. 其他业务收入

【答案】　C

　　3. 物业管理企业的商业用房经营收入属于（　　　）。

　　A. 物业管理收入　　　　　　　　B. 物业经营收入

　　C. 物业大修收入　　　　　　　　D. 其他业务收入

【答案】　D

　　4. 物业管理企业的绿化服务费属于（　　　）。

　　A. 直接人工费　　　　　　　　　B. 直接材料费

　　C. 间接费　　　　　　　　　　　D. 修理费

【答案】　C

　　5. 实行一级成本核算的物业管理企业，可不设（　　　）。

　　A. 管理费用　　　　　　　　　　B. 营业成本

　　C. 间接费用　　　　　　　　　　D. 递延资产

【答案】　C

　　6. 物业管理企业经营管辖物业共用设施设备支付的有偿费用计入（　　　）。

　　A. 营业成本　　　　　　　　　　B. 管理费用

　　C. 营业外支出　　　　　　　　　D. 递延资产

【答案】　A

　　7. 物业管理企业支付的物业管理用房有偿使用费计入（　　　）。

　　A. 营业成本　　　　　　　　　　B. 管理费用

　　C. 营业外支出　　　　　　　　　D. 营业成本或管理费用

【答案】　D

　　8. 物业管理企业对物业管理用房进行装修发生的支出，计入（　　　）。

　　A. 管理费用　　　　　　　　　　B. 营业成本

　　C. 间接费用　　　　　　　　　　D. 递延资产

【答案】　D

　　9. 物业管理企业可以在年度终了，按照年末应收取账款余额的（　　　）计提坏账准备金。

　　A. 0.3%～0.5%　　　　　　　　B. 0.5%～1%

　　C. 1%～2%　　　　　　　　　　D. 1.5%～3%

【答案】　A

　　10. 不计提坏账准备的物业管理企业，其所发生的坏账损失计入（　　　）。

　　A. 营业成本　　　　　　　　　　B. 管理费用

C. 营业外支出　　　　　　　　D. 营业成本或管理费用

【答案】　B

11. 物业管理企业支付的商业用房有偿使用费，计入（　　　）。

A. 其他业务支出　　　　　　　B. 管理费用

C. 营业外支出　　　　　　　　D. 递延资产

【答案】　A

12. 物业管理企业对商业用房进行装修发生的支出，计入（　　　）。

A. 其他业务支出　　　　　　　B. 管理费用

C. 营业外支出　　　　　　　　D. 递延资产

【答案】　D

13. 以下物业管理企业收取的费用中，应当征收营业税的有（　　　）。

A. 代收燃气费、水电费　　　　B. 专项维修资金

C. 代收房租　　　　　　　　　D. 代理业务手续费

【答案】　D

二、多项选择题

1. 物业管理企业的财务管理包括（　　　）。

A. 会计核算管理　　　　　　　B. 营业收入管理

C. 成本和费用管理　　　　　　D. 利润管理

E. 专项维修资金的管理

【答案】　BCDE

2. 物业管理企业的下列收入中，属于其他业务收入的有（　　　）。

A. 商业用房经营收入　　　　　B. 无形资产转让收入

C. 材料物资销售收入　　　　　D. 物业大修收入

E. 房屋中介代销手续费收入

【答案】　ABCE

3. 物业管理企业的下列收入中，属于主营业务收入的有（　　　）。

A. 商业用房经营收入　　　　　B. 物业管理收入

C. 物业经营收入　　　　　　　D. 物业大修收入

E. 房屋中介代销手续费收入

【答案】　BCD

4. 以下属于物业管理企业物业管理收入的有（　　　）。

A. 房屋出租收入　　　　　　　B. 经营共用设施所取得的收入

C. 公共性服务费收入　　　　　D. 公众代办性服务费收入

E. 特约服务收入

【答案】　CDE

5. 物业管理企业的商业用房收入和以下收入属于同一类型的有（　　　）。

A. 废品回收收入　　　　　　　B. 无形资产转让收入

C. 材料物资销售收入　　　　　D. 物业大修收入

E. 房屋中介代销手续费收入

【答案】 ABCE

6. 以下关于物业企业营业收入管理的说法中，正确的有（　　）。

A. 物业管理企业应当经物业产权人、使用人签证认可后，确认为营业收入的实现

B. 物业大修收入应当在劳务已经提供，同时收讫价款或取得收取价款的凭证时确认为营业收入的实现

C. 物业管理企业与物业产权人、使用人双方签订付款合同或协议的，应当根据合同或者协议所规定的付款日期确认为营业收入的实现

D. 物业大修收入应当经物业产权人、使用人签证认可后，确认为营业收入的实现

E. 物业管理企业应当在劳务已经提供，同时收讫价款或取得收取价款的凭证时确认为营业收入的实现

【答案】 CDE

7. 物业管理企业的营业成本包括（　　）。

A. 直接人工费　　　　　　　　B. 直接材料费

C. 间接费用　　　　　　　　　D. 税金及附加费

E. 利润

【答案】 ABC

8. 以下物业管理企业收取的费用中，不应当征收营业税的有（　　）。

A. 代收燃气费　　　　　　　　B. 专项维修资金

C. 代收房租　　　　　　　　　D. 代收水电费

E. 代理业务手续费

【答案】 ABCD

9. 物业管理企业的营业利润包括（　　）。

A. 主营业务利润　　　　　　　B. 投资净收益

C. 营业外收支净额　　　　　　D. 其他业务利润

E. 补贴收入

【答案】 AD

三、问答题

1. 物业管理企业的间接费有哪些？

【答案要点】 物业管理企业的间接费用包括企业所属物业管理单位管理人员的工资、奖金及职工福利费、固定资产折旧费及修理费、水电费、取暖费、办公费、差旅费、邮电通信费、租赁费、财产保险费、劳动保护费、保安费、绿化维护费、低值易耗品摊销及其他费用等。

2. 物业管理企业成本费用的管理内容主要有哪些？

【答案要点】 物业管理企业成本费用的管理内容主要有：实行一级成本核算的物业管理企业，可不设间接费用，有关支出直接计入管理费用。物业管理企业经营管辖物业公用设施设备支付的有偿费用计入营业成本，支付的物业管理用房有偿使用费计入营业成本或者管理费用。物业管理企业对物业管理用房进行装饰装修发生的支出，计入递延资产，在有效使用期限内，分期摊入营业成本或者管理费用中。物业管理企业可以于年度终了时，按照年末应收取账款余额的 0.3%～0.5% 计提坏账准备金，计入管理费用。企业发生的坏账损失，冲

减坏账准备金；收回已核销的坏账，增加坏账准备金。不计提取坏账准备金的物业管理企业，其所发生的坏账损失，计入管理费用；收回已核销的坏账，冲减管理费用。

3. 物业管理企业其他业务支出的内容和管理主要包括哪些？

【答案要点】　物业管理企业其他业务支出的内容及管理主要包括：物业管理企业其他业务支出是指企业从事其他业务活动所发生的有关成本和费用支出。物业管理企业支付的商业用房有偿使用费，计入其他业务支出。企业对商业用房进行装饰装修发生的支出，计入递延资产，在有效使用期限内，分期摊入其他业务支出。

4. 物业管理企业税费的管理内容主要有哪些？

【答案要点】　物业管理企业税费的管理内容主要有：物业管理的税金和费用包括流转环节的营业税及附加，收益环节的所得税等。物业管理企业代有关部门收取水费、电费、燃（煤）气费、专项维修资金、房租的行为，属于营业税"服务业"税目中的"代理"业务，不计征营业税，但对从事此项代理业务取得的手续费收入应当征收营业税。

5. 物业管理企业的利润如何计算？

【答案要点】　主营业务利润是指主营业务收入减去营业税金及附加，再减去营业成本、管理费用及财务费用后的净额；其他业务利润指其他业务收入减去其他业务支出和其他业务缴纳的税金及附加后的净额；补贴收入是指国家拨给物业管理企业的政策性亏损补贴和其他补贴。

第二节　物业管理项目的财务管理

本节要点

物业管理企业财务管理的概念及其基本理解；物业管理项目财务管理的类型。

复习题解

一、单项选择题

1. 物业管理项目财务管理以（　　）为主要对象。

A. 物业服务　　　　　　　　B. 物业服务收费

C. 物业服务费　　　　　　　D. 物业管理费用支出

【答案】　C

2. 实行独立核算的物业管理项目机构的财务管理，在机构设置上一般都设有（　　）。

A. 财务部　　　　　　　　　B. 兼职的会计和出纳员

C. 专职的会计和出纳员　　　D. 财务部或专职的会计和出纳员

【答案】　D

二、多项选择题

1. 物业管理项目财务管理的基本职能包括（　　）。

A. 业务数据记录、分类、汇总　　B. 定期编制财务报表

C. 定期编制专用的服务费用收支报表　　D. 定期为业务主管报销非常开支

E. 规避业主委员会对账目的检查

【答案】 ABC

2. 以下关于物业管理项目财务管理的说法中，正确的有（   ）。

A. 物业管理项目财务管理，受物业管理企业的行政管理和业务指导

B. 其财务计划、开支范围和权限、财务分析报告等受企业严格管制

C. 物业管理企业可以随意调集、挪用和将服务费据为己有

D. 酬金制条件下业主有通过业主大会及其机构（如业主委员会等）监督物业管理项目机构财务管理的权力，但又不能直接干预物业管理项目机构的财务工作

E. 物业管理项目机构财务管理既具有一般会计主体财务管理的形式、手段、方法的基本形态，又具有与一般会计主体财务管理和一般会计要素不同的特性

【答案】 ABDE

3. 物业管理项目单位要向其所属的上级财务主管部门和全体业主分别报告物业管理项目（   ）。

A. 总体财务状况   B. 财务变动状况

C. 经营成果信息   D. 服务费用收支情况

E. 员工消费情况

【答案】 ABCD

4. 实行非独立核算的物业管理企业各项目管理单位负责（   ）。

A. 会计核算   B. 各项费用的收取

C. 各项费用的支出   D. 部分费用的收取

E. 部分费用的支出

【答案】 BE

第三节 酬金制、包干制与物业服务费的测算编制

本节要点

物业服务费的概念及其分类；物业服务费用酬金制和包干制的概念、适用范围、费用性质、特点；酬金制和包干制的财务特征；物业服务费的测算编制应考虑的因素；物业服务成本（支出）的构成、编制依据、核算要点记方法。

复习题解

一、单项选择题

1. 物业服务费区分不同的物业性质和特点，分别实行（   ）。

A. 政府定价、政府指导价和市场定价   B. 政府定价和市场定价

C. 政府指导价和市场定价   D. 政府定价和政府指导价

【答案】 C

2. 按照目前国家政策法规的规定，业主与物业管理企业可以采取（   ）等形式约定物业服务费用。

A. 包干制   B. 酬金制

　　C. 佣金制　　　　　　　　　　　　　D. 包干制或者酬金制

【答案】　D

　　3. 在预收的物业服务资金中按约定比例或者约定数额提取酬金支付给物业管理企业，其余全部用于物业服务合同约定的支出，结余或者不足均由业主享有或者承担，这种方式为（　　）。

　　A. 包干制　　　　　　　　　　　　　B. 酬金制

　　C. 委托制　　　　　　　　　　　　　D. 合同制

【答案】　B

　　4. 物业服务费用酬金应以预收的物业服务资金为计提基数，计提基数和计提比例（　　）。

　　A. 由国家政策规定　　　　　　　　　B. 通过物业服务合同约定

　　C. 由物业管理企业确定　　　　　　　D. 由业主确定

【答案】　B

　　5. 酬金制下，物业管理企业提供物业服务的经济利益仅仅局限于按固定的金额或比例收取的酬金，扣除酬金以及物业服务支出后结余的资金为（　　）所有。

　　A. 物业管理企业　　　　　　　　　　B. 房地产行政主管部门

　　C. 全体业主　　　　　　　　　　　　D. 业主委员会成员

【答案】　C

　　6. 酬金制条件下，物业管理企业应当向（　　）公布物业服务资金年度预决算，并每年不少于一次公布物业服务资金的收支情况。

　　A. 全体业主　　　　　　　　　　　　B. 业主大会

　　C. 全体业主和业主大会　　　　　　　D. 全体业主或者业主大会

【答案】　D

　　7. 酬金制条件下，物业管理企业应当向全体业主或者业主大会每年不少于（　　）次公布物业服务资金的收支情况。

　　A. 1　　　　　　　　　　　　　　　　B. 2

　　C. 3　　　　　　　　　　　　　　　　D. 4

【答案】　A

　　7. 由业主向物业管理企业支付固定物业服务费用，盈余或者亏损均由物业管理企业享有或者承担的物业服务计费方式为（　　）。

　　A. 包干制　　　　　　　　　　　　　B. 酬金制

　　C. 委托制　　　　　　　　　　　　　D. 合同制

【答案】　A

　　8. 实行酬金制的物业管理企业，在物业管理服务过程中产生的归属于业主的其他收入（　　）。

　　A. 是否计提酬金需要政府批准　　　　B. 必计提酬金

　　C. 不可计提酬金　　　　　　　　　　D. 也可计提酬金

【答案】　D

　　9. 在酬金制下，会计主体是（　　）。

　　A. 物业管理企业财务部　　　　　　　B. 物业管理项目财务部

　　C. 物业管理企业　　　　　　　　　　D. 物业管理项目

【答案】 D

10. 在包干制下，物业管理项目的会计主体是（　　）。

A. 物业管理企业财务部
B. 物业管理项目财务部
C. 物业管理企业
D. 物业管理项目

【答案】 C

11. 采取酬金制的物业管理项目，物业管理企业的物业服务收入为（　　）。

A. 该企业的物业服务费
B. 该企业的全部物业管理酬金
C. 该项目的物业服务费
D. 仅限于该项目的物业管理酬金

【答案】 D

12. 采取酬金制的物业管理项目，物业管理企业的物业服务收入为（　　）。

A. 该企业的物业服务费
B. 该企业的全部物业管理酬金
C. 该项目的物业服务费
D. 仅限于该项目的物业管理酬金

【答案】 C

12. 以下关于固定资产折旧是否应纳入到物业管理服务费的测算中的说法中，正确的有（　　）。

A. 物业管理企业为该项目管理投入的固定资产折旧应纳入到物业服务费的测算中；物业管理项目机构用物业服务费购置的固定资产折旧不应纳入到物业服务费的测算中

B. 物业管理企业为该项目管理投入的固定资产折旧不应纳入到物业服务费的测算中；物业管理项目机构用物业服务费购置的固定资产折旧应纳入到物业服务费的测算中

C. 物业管理企业为该项目管理投入的固定资产折旧和物业管理项目机构用物业服务费购置的固定资产折旧，这两部分折旧均不应纳入到物业服务费的测算中

D. 物业管理企业为该项目管理投入的固定资产折旧和物业管理项目机构用物业服务费购置的固定资产折旧，这两部分折旧均应纳入到物业服务费的测算中

【答案】 D

二、多项选择题题

1. 实行包干制的物业管理企业在与业主签订物业服务合同时应明确（　　）。

A. 物业管理企业对物业服务资金收支情况定期公布
B. 服务内容
C. 服务质量标准
D. 服务费额度
E. 盈余或亏损是由物业管理企业承担

【答案】 BCDE

2. 实行包干制的物业管理企业的经济效益与其（　　）紧密相关。

A. 管理服务
B. 成本控制
C. 经营运作能力
D. 职工数量
E. 值班时间

【答案】 ABC

3. 在包干制下，物业管理企业作为一个独立的企业法人，（　　）。

A. 自主经营
B. 自负盈亏

C. 风险自担   D. 结余归己

E. 盈余归己，亏损由业主承担

【答案】 ABCD

4. 以下关于以包干制方式约定的物业服务费用的说法中，正确的有（   ）。

A. 对物业管理企业和业主而言，物业项目管理服务的利润和服务费都不是固定的

B. 对物业管理企业而言，物业项目管理服务的利润是固定的

C. 对业主而言物业服务费是固定的

D. 对物业管理企业而言，物业项目管理服务的利润不是固定的

E. 对业主而言物业服务费不是固定的

【答案】 CD

5. 服务费的核算应严格按政府和有关部门的规定和实际支出标准等有效依据作为测算基础的有（   ）。

A. 低值易耗材料   B. 一般设备固定资产折旧率、折旧时间

C. 专业公司单项承包   D. 社会保险

E. 工资水平

【答案】 BCDE

三、问答题

物业服务成本或者物业服务支出构成一般包括哪些内容？

【答案要点】 物业服务成本或者物业服务支出构成一般包括以下部分：

(1) 管理服务人员的工资、社会保险和按规定提取的福利费等；

(2) 物业共用部位、共用设施设备的日常运行、维护费用；

(3) 物业管理区域清洁卫生费用；

(4) 物业管理区域绿化养护费用；

(5) 物业管理区域秩序维护费用；

(6) 办公费用；

(7) 物业管理企业固定资产折旧；

(8) 物业共用部位、共用设施设备及公众责任保险费用；

(9) 经业主同意的其他费用。

四、综合分析题

某物业建筑面积 10 万 m²。物业管理企业经测算得出各项费用如下：各类管理服务人员的工资、社会保险等 60 万元；共用部位、共用设施设备的运行维护费 30 万元；清洁卫生费 15 万元；绿化养护费 12 万元；公共秩序维护费 12 万元；办公费 6 万元；固定资产折 26 万元；物业共用部位、共用设施设备及公众责任保险费 2 万元；业主委员会办公费、社区文化活动费等其他费 8 万元。

1. 采用酬金制，约定物业管理酬金比例为 15%，则该项目单位物业管理服务费为（   ）元/m²·月

A. 1.43   B. 1.64   C. 1.68   D. 1.82

【答案】 B

2. 若采用包干制，预计该项目法定税费和利润合计为 20 万元，则该项目的物业管理服

务费为（　　）元/m²·月。

A. 1.43　　　　B. 1.60　　　　C. 1.64　　　　D. 1.68

【答案】　B

第四节　物业管理专项维修基金

本节要点

专项维修基金的概念与来源；专项维修基金的产权归属、用途、免税政策、管理。

复习题解

一、单项选择题

1. 专项维修资金由业主或物业使用人交纳，专项用于物业共用部位、共用设施设备（　　）的大修、更新、改造。

A. 保修期内　　B. 保修期满后　　C. 寿命期内　　D. 物业建成后

【答案】　B

2. 专项维修资金属（　　）所有。

A. 全体业主　　　　　　　　　B. 建设单位

C. 物业管理企业　　　　　　　D. 政府房地产行政管理部门

【答案】　A

3. 在销售商品房时，购房者应当按购房款（　　）的比例向售房单位缴交维修资金。

A. 1%～2%　　B. 2%～3%　　C. 3%～5%　　D. 4%

【答案】　B

4. 在出售公房时，售房单位按照一定比例从售房款中提取专项维修资金，原则上多层住宅不低于售房款的（　　）。

A. 5%　　　　　B. 10%　　　　C. 15%　　　　D. 20%

【答案】　D

5. 在出售公房时，售房单位按照一定比例从售房款中提取专项维修资金，原则上高层住宅不低于售房款的（　　）。

A. 10%　　　　B. 15%　　　　C. 20%　　　　D. 30%

【答案】　D

6. 在出售公房时，售房单位按照一定比例从售房款中提取专项维修资金，该部分专项维修资金属（　　）所有。

A. 全体购房人　　　　　　　　B. 售房单位

C. 物业管理企业　　　　　　　D. 政府房改管理部门

【答案】　B

7. 根据物业维护保养的需要，在大、中修和更新改造费用不足时，由（　　）业主大会决定向全体业主续筹的资金。

A. 物业管理企业　　　　　　　B. 业主大会

C. 业主委员会　　　　　　　　D. 个别业主

【答案】　B

8. 物业区域内的共用部位、共用设施设备，有些可以用来经营，获得收益，经业主大会同意，可将收入的一部分纳入（　　）。

A. 物业管理企业收入　　　　　B. 物业管理企业利润

C. 全体业主均分　　　　　　　D. 专项维修资金

【答案】　D

9. 为了保证专项维修资金的安全，在维修资金出现闲置时，除可用于购买（　　）或者用于法律、法规规定的其他范围外，严禁挪作它用。

A. 股票　　　　B. 基金　　　　C. 公司债券　　D. 国债

【答案】　D

10. 在物业管理企业发生更迭时，代管的维修资金账目经业主大会审核无误后，应当办理账户转移手续。账户转移手续应当自双方签字盖章之日起（　　）日内送当地房地产行政主管部门和业主委员会备案。

A. 5　　　　　B. 10　　　　　C. 15　　　　　D. 30

【答案】　B

二、多项选择题

1. 专项维修资金属全体业主共同所有，专项用于物业保修期满后物业（　　）的维修和更新、改造。

A. 楼外公共区域　　　　　　　B. 楼内公共区域

C. 共用部位　　　　　　　　　D. 共用设施设备

E. 物业的各个部分

【答案】　CD

2. 在物业管理企业发生更迭时，代管的维修资金账目经业主大会审核无误后，应当办理账户转移手续。账户转移手续应当自双方签字盖章之日起 10 日内送（　　）备案。

A. 当地房地产行政主管部门　　B. 业主委员会

C. 当地建设行政主管部门　　　D. 当地工商行政主管部门

E. 当地公安部门

【答案】　AB

三、问答题

1. 专项维修基金的来源有哪些？

【答案要点】　法规规定的费用；物业服务费结转的费用、业主大会中决定分摊的费用、业主共有物业的收益、社会捐赠或政府拨款的费用。

第十二章 物业管理档案管理

本部分的考试目的是测试考生对物业管理档案的分类、收集与整理、检索利用与保存等相关理论与技术以及物业管理信用档案的内容和管理等知识的掌握程度和综合运用能力。

掌握：物业管理档案的收集、整理和利用，物业管理信用档案的内容与管理。

熟悉：物业管理档案的检索与保存。

了解：物业管理档案的分类和其他相关知识。

重点内容

1. 物业管理档案的收集与整理

(1) 物业承接查验期档案资料的收集与整理；

(2) 物业入住期档案资料的收集与整理；

(3) 日常物业管理期档案资料的收集与整理。

2. 物业管理档案的检索利用与保存

(1) 常用的纸介质档案的检索与利用；

(2) 电子媒体档案的检索与利用；

(3) 物业管理档案的保存。

3. 物业管理企业信用档案

(1) 物业管理企业信用档案的作用及范围；

(2) 建立物业管理企业信用档案的目标；

(3) 物业管理企业信用档案记录内容的采集；

(4) 物业管理企业信用档案的投诉处理。

第一节 物业管理档案的概念与分类

本节要点

物业管理档案的内容和分类方法；物业管理档案存放的要求条件和存放规定。

复习题解

一、单项选择题

1. 为了方便检索利用，归档整理后的案卷需要（　　）。

A. 集中存放　　　　B. 分类存放　　　　C. 序时存放　　　　D. 分部门存放

【答案】 B

2. 档案案卷在进行上架排列时，物业管理档案要对每一案卷进行（   ）以固定每一案卷的具体位置，方便今后的编目和查阅。

A. 标注　　　　　　B. 鉴别　　　　　　C. 审批　　　　　　D. 编号

【答案】 D

二、多项选择题

1. 物业管理档案的内容包括（   ）。

A. 物业权属资料、技术资料和验收文件

B. 业主（或物业使用人）的权属档案资料、个人资料

C. 施工中的小区管网设计图纸

D. 物业管理公司行政管理以及物业管理相关合同资料

E. 物业运行记录资料、物业维修记录、物业服务记录

【答案】 ABDE

2. 物业管理常用的档案分类方法有（   ）。

A. 家庭分类法　　　　　　　　B. 户主分类法

C. 事件分类法　　　　　　　　D. 年度分类法

E. 组织结构分类法

【答案】 CDE

3. 档案案卷在进行上架排列时，物业管理档案一般应按档案案卷所反映的（   ）进行排列。

A. 新旧程度　　　　　　　　　B. 时间序列的顺序

C. 重要程度　　　　　　　　　D. 事件专题

E. 业主性别

【答案】 BCD

第二节　物业管理档案的收集与整理

本节要点

物业承接查验期档案的收集特点、范围；物业入住期档案收集的特点。

复习题解

一、单项选择题

1. 物业管理档案的收集整理一般是按照物业管理的流程分类进行的，这样分类的档案类型通常包括（   ）。

A. 物业承接查验期档案、物业入住期档案和物业日常管理期档案等的收集整理

B. 建设单位档案、业主档案和物业管理企业档案的的收集整理

C. 文书档案、电子档案和图片档案

D. 文字档案、专业档案和建筑施工档案

【答案】 A

2. 一般被称为物业基础资料档案的是（ ）。

A. 物业介入期档案   B. 物业承接查验期档案

C. 物业入住期档案   D. 物业日常管理期档案

【答案】 B

3. 物业承接查验期的档案收集索取对象是（ ）。

A. 建设单位   B. 施工单位   C. 监理单位   D. 设计单位

【答案】 A

4. 物业入住期的物业管理档案收集工作重点集中在（ ）。

A. 建设单位   B. 业主

C. 业主（或使用人）   D. 建设单位和业主

【答案】 C

5. 资料档案收集开始后，物业管理公司应设立资料档案收集整理工作小组，同步进行的工作有（ ）。

A. 档案的文书立卷   B. 归档整理工作

C. 档案的文书立卷和归档整理工作   D. 档案的文书立卷或归档整理工作

【答案】 C

二、多项选择题

1. 物业承接查验期的档案收集内容主要是（ ）。

A. 被承接查验物业及其附属设施设备的权属文件

B. 业主家庭人员构成和其他基本情况

C. 被承接查验物业及其附属设施设备的技术文件

D. 使用人的基本信息和与业主的关系资料

E. 被承接查验物业及其附属设施设备的验收文件

【答案】 ACE

2. 以下物业承接查验期收集的档案资料中，属于权属资料的有（ ）。

A. 工程合同   B. 项目批准文件

C. 丈量报告   D. 用地批准文件

E. 建筑开工有关资料

【答案】 BCDE

3. 以下物业承接查验期收集的档案资料中，属于验收资料的有（ ）。

A. 用电许可证及供电合同   B. 用水审批表及供水合同

C. 设备及卫生洁具检验合格证书   D. 机电设备订购合同

E. 电梯使用合格证

【答案】 ABE

4. 以下物业承接查验期收集的档案资料中，属于验收资料的有（ ）。

A. 消防工程验收合格证   B. 工程竣工验收证书

C. 用水审批表及供水合同   D. 消防工程验收合格证

E. 用电审批表及供电合同

【答案】 ABDE

5. 以下物业承接查验期收集的档案资料中，属于技术档案的有（ ）。

A. 丈量报告 B. 钢材及水泥等主要材料质保证书

C. 工程预决算分项清单 D. 沉降观察记录及沉降观察点布置图

E. 工程设计变更通知

【答案】 BCDE

6. 以下物业入住期的资料档案收集中，业主（或物业使用人）个人档案资料的有（ ）。

A. 身份证 B. 户口本

C. 联系方式 D. 购房合同

E. 房屋产权证

【答案】 ABC

7. 以下物业入住期的资料档案收集中，属于业主权属资料的有（ ）。

A. 身份证 B. 户口本

C. 联系方式 D. 购房合同

E. 房屋产权证

【答案】 DE

8. 日常物业管理期档案主要包括（ ）。

A. 物业运行记录档案 B. 物业维修记录档案

C. 物业服务记录档案 D. 物业管理公司行政管理档案

E. 建筑物运行记录档案

【答案】 ABCD

9. 物业运行记录档案的收集范围包括（ ）。

A. 建筑物运行记录档案 B. 设施设备运行记录档案

C. 物业服务记录档案 D. 物业维修记录档案

E. 建筑物维修维护记录档案

【答案】 AB

10. 物业维修维护记录档案的收集范围包括（ ）。

A. 建筑物运行记录档案 B. 设施设备运行记录档案

C. 建筑物维修维护记录档案 D. 设施设备维修维护记录档案

E. 物业管理公司行政管理档案

【答案】 CD

11. 物业服务记录档案的收集范围包括（ ）。

A. 小区及共用设施清洁服务记录

B. 小区安全巡视记录、会所服务记录

C. 小区业主装修管理服务记录、社区活动记录

D. 小区增值服务记录、服务与投诉管理记录等

E. 物业管理公司行政管理档案

【答案】 ABCD

三、问答题

物业承接查验期收集的技术档案资料有哪些？

【答案要点】 物业承接查验期收集的技术档案资料有：开、竣工报告，公共设备使用说明书及调试报告，工程预决算分项清单，图纸会审记录，工程设计变更通知，技术核定单，质量事故处理记录，隐蔽工程验收记录，沉降观察记录及沉降观察点布置图，竣工验收证明书，钢材及水泥等主要材料质保证书，新材料及构配件鉴定合格证书，设备及卫生洁具检验合格证书，砂浆及混凝土试块试压报告，供水管道试压报告，机电设备订购合同，设备开箱技术资料、试验记录与系统统调记录。

第三节 物业管理档案的检索利用与保存

本节要点

纸介质档案常用的检索工具、常用检索工具的编制方法、档案提供利用的方式；电子媒体档案的分类；档案的保存期限；档案的安全管理。

复习题解

一、单项选择题

1. 物业管理档案的介质形式通常有（　　）大类。
A. 2　　　　　B. 3　　　　　C. 4　　　　　D. 5
【答案】 A

2. 分类卡片目录建立的目录体系是根据档案分类的（　　）逻辑关系。
A. 时间　　　　B. 类型　　　　C. 逻辑　　　　D. 因果
【答案】 C

3. 按某一特定的题目，将同一主题内容或属性的各类文献组合，以卡片形式提供档案室某一专题档案内容的检索工具的编制方法为（　　）。
A. 分类卡片目录　　　　　　　B. 专题卡片目录
C. 名称索引　　　　　　　　　D. 主题目录
【答案】 B

4. 以字母或其他文字排序方法的顺序将全宗内档案文件所涉及的单位按名称制作索引，以提供使用的索引编制方法为（　　）。
A. 分类卡片目录　　　　　　　B. 专题卡片目录
C. 名称索引　　　　　　　　　D. 主题目录
【答案】 C

5. 根据档案分类的逻辑关系建立的目录体系的索引编制方法为（　　）。
A. 分类卡片目录　　　　　　　B. 专题卡片目录
C. 名称索引　　　　　　　　　D. 主题目录
【答案】 A

6. 档案检索的一般步骤和方法是（　　）。

A. 明确检索范围或根据索引的指引，分析应用需求，查找到需要的档案文件

B. 明确检索范围或根据索引的指引，查找到需要的档案文件，分析应用需求

C. 查找到需要的档案文件，明确检索范围或根据索引的指引，分析应用需求

D. 分析应用需求，明确检索范围或根据索引的指引，查找到需要的档案文件

【答案】　D

7. 录像磁带档案与纸介质档案的存放方式（　　）。

A. 有很大差异　　　　B. 相同　　　　C. 完全不同　　　　D. 相似

【答案】　D

二、多项选择题

1. 物业管理档案管理常用的纸介质检索工具有（　　）。

A. 目录　　　　　　　　　　　B. 簿式索引

C. 指南　　　　　　　　　　　D. 卡片式检索工具

E. 电子媒体

【答案】　ABCD

2. 以下属于电子档案的有（　　）。

A. 分类卡片目录　　　　　　　B. 保存于电脑硬盘的文字和图形图像资料

C. 簿式索引　　　　　　　　　D. 卡片式检索工具

E. 闭路视频监控设备产生的录像资料

【答案】　BE

3. 以下物业管理档案信息中，需要永久保存的有（　　）。

A. 与物业相关的附属设施设备（工作寿命在 5 年以上 10 年以内）的基本技术和商业资料，维修维护合同和记录，大中小修、更新改造记录和会议决议等文件

B. 有关物业管理工作中的年度和季度计划、总结、报告

C. 有关物业管理服务和运行记录的相关文件和记录

D. 物业本体及大型或重要附属设施设备的维护记录

E. 有关物业管理工作中产生的重要决议、决定、合同协议、通知、记录、工作计划、统计报表及相关的请示、报告等

【答案】　ABD

4. 以下物业管理档案，需要保存 15～60 年的有（　　）。

A. 业主及业主大会的基础资料、会议决议、决定、请示报告记录等文件

B. 有关物业管理工作中的年度和季度计划、总结、报告

C. 有关所管物业及重要的附属设施设备的基础性文件资料，有关更新改造、大中小修的会议决议的文件、记录、验收报告和技术参数等文件

D. 物业本体及大型或重要附属设施设备的维护记录

E. 有关物业管理工作中产生的重要决议、决定、合同协议、通知、记录、工作计划、统计报表及相关的请示、报告等

【答案】　ACE

5. 以下物业管理档案中，需要保存 15 年以下的有（　　）。

A. 小型设施设备的更新、维修记录

B. 有关物业管理工作中的年度和季度计划、总结、报告

C. 有关物业管理服务和运行记录的相关文件和记录

D. 物业本体及大型或重要附属设施设备的维护记录

E. 有关物业管理工作中产生的重要决议、决定、合同协议、通知、记录、工作计划、统计报表及相关的请示、报告等

【答案】 AC

6. 物业管理档案中最重要和基础性的档案有（   ）。

A. 物业承接查验期的档案资料

B. 入住期收集整理的档案资料

C. 房屋共用部分和共用设施设备的检测、检修与运行记录档案

D. 各类小型设备的运行和维护记录档案

E. 环境与安全管理记录档案

【答案】 AB

第四节　物业管理企业信用档案

本节要点

物业管理企业信用档案的概念；物业管理企业信用档案的建立范围；物业管理企业信用档案工作的目标和要求；物业管理企业信用档案的记录内容；物业管理企业信用档案采集的途径；物业管理企业信用档案投诉处理。

复习题解

一、单项选择题

1. 物业管理企业信用档案的建立范围为（   ）。

A. 全国一级资质物业管理企业

B. 所有物业管理企业

C. 所有物业管理师等执（从）业人员

D. 所有物业管理企业和物业管理师等执（从）业人员

【答案】 D

2. 全国物业管理企业信用档案建设的原则是（   ）。

A. 统一规划、分级指导、集中申报，信息共享

B. 统一建设、分步实施、分级管理、信息共享

C. 统一建设、强化领导、分级管理、信息共享

D. 统一规划、分级建设、分步实施、信息共享

【答案】 D

3. 建设部负责全国（   ）资质物业管理企业及执（从）业人员信用档案系统的建立和监督管理。

A. 一级　　　　　B. 一级、二级　　　　　C. 各级别　　　　　D. 三级

【答案】　A

4. 负责一级资质物业管理企业信用档案信息的采集、整理、更新及日常管理工作的是（　　）。

A. 建设部　　　　　　　　　　　　B. 中国物业协会

C. 中国物业管理师协会　　　　　　D. 中国物业管理协会

【答案】　D

5. 负责物业管理企业信用档案系统建设的技术支持和系统运行与维护管理工作，并为各级物业管理行政主管部门和物业管理企业提供由建设部统一开发的物业管理企业信用档案系统专用软件的是（　　）。

A. 建设部信息中心　　　　　　　　B. 中国物业协会

C. 中国物业管理师协会　　　　　　D. 中国物业管理协会

【答案】　A

6. 物业管理企业信用档案工作的目标是：以物业管理电子政务系统、物业管理行业协会自律管理系统和企业经营管理系统为基础，形成覆盖物业管理行业所有企业及执（从）业人员的信用档案系统，并通过（　　）实现各级物业管理行政主管部门、行业协会网站的互联互通。

A. 中国物业管理协会网站　　　　　B. 中国住宅与房地产信息网

C. 中国房地产估价师学会网　　　　D. 中国物业网

【答案】　B

7. 根据投诉对象和投诉内容，物业管理企业的投诉信息分别提交有关部门进行核查，或转给被投诉企业。转给被投诉企业后，被投诉企业应在（　　）天内将处理意见反馈给信用档案管理部门，反馈意见应由当地物业管理行政主管部门签章。

A. 10　　　　　　B. 15　　　　　　C. 30　　　　　　D. 45

【答案】　B

二、多项选择题

1. 物业管理企业信用档案的记录内容主要包括（　　）。

A. 企业及执（从）业人员的基本情况

B. 业绩及良好行为记录

C. 经营活动中的违法违规行为、服务质量问题及其他不良行为记录

D. 企业财务状况和成本分析

E. 公众投诉及处理情况

【答案】　ABCE

2. 国家建设部对物业管理企业信用档案系统建设的要求是（　　）。

A. 物业管理企业信用档案记录信息的报送、传递及有关事宜的联系，主要采用电子邮件方式

B. 保证物业管理信用档案系统信息的全面、准确

C. 凡是具有资质等级（不包括临时资质）的物业管理企业都要全部上网

D. 凡是从事物业管理的企业和执（从）业人员都应当纳入物业管理企业信用系统

E. 各级物业管理主管部门要提高认识，加强领导，积极组织、指导和推动物业管理企

业信用档案系统的建设工作

【答案】 ABDE

3. 物业管理企业应设立信用档案专用电子邮箱，具备条件的要建立企业网站，或在
（　　）上建立网页。

A. 中国房地产估价师学会网站　　　　　B. 中国国家建设部网站

C. 地方主管部门、行业协会网站　　　　D. 中国物业管理协会网

E. 中国住宅与房地产信息网

【答案】 CDE

4. 以下物业管理档案中的内容中，不公示的有（　　）。

A. 注册资本　　　　　　　　　　　　　B. 企业通信地址

C. 资质等级　　　　　　　　　　　　　D. 投诉人通信地址

E. 资质年检情况

【答案】 ABD

5. 物业管理企业信用档案系统记录的内容，主要通过（　　）途径依法采集。

A. 政府部门、协会　　　　　　　　　　B. 物业管理企业、执（从）业人员

C. 其他中介机构　　　　　　　　　　　D. 社会公众

E. 网上博客

【答案】 ABCD

第十三章 人力资源管理

考试要点

本部分的考试目的是测试考生对物业管理企业员工的招聘与解聘、培训与管理、员工薪酬管理、员工考核与奖惩等知识的掌握程度和综合运用能力。

掌握：员工招聘的组织与实施，培训管理的组织与实施；

熟悉：员工招聘计划的制定，员工的解聘，培训的分类及内容，员工薪酬管理的内容；员工的考核与奖惩；

了解：员工年度培训计划，员工薪酬管理的体系设计。

重点内容

1. 员工的招聘与解聘
(1) 员工招聘计划的制定；
(2) 员工招聘的组织实施；
(3) 员工的解聘。
2. 员工的培训及管理
(1) 培训体系的建立；
(2) 培训的分类；
(3) 培训的内容；
(4) 年度培训计划；
(5) 培训的组织与实施。
3. 员工薪酬管理
4. 员工的考核与奖惩

第一节 员工的招聘与解聘

本节要点

物业企业招聘计划的内容；招聘组织实施；员工的解聘。

复习题解

一、单项选择题

1. 人类学习和适应环境的能力为（ ）。
A. 适应力　　　　B. 能力　　　　C. 智力　　　　D. 技能

【答案】 C

2. 一个人比较稳定的心理活动特点的总和为（　　）。

A. 个性　　　　　　B. 技能　　　　　　C. 能力　　　　　　D. 智力

【答案】　A

3. 知识测试的目的是了解应聘者是否掌握应聘岗位所必须具备的（　　）。

A. 基础知识　　　　B. 专业知识　　　　C. 社会知识　　　　D. 基础知识和专业知识

【答案】　D

4. 面试程序一般包括的步骤是（　　）。

A. 准备、营造和谐气氛、提问、复审及结束

B. 准备、提问、营造和谐气氛、结束及复审

C. 营造和谐气氛、准备、提问、结束及复审

D. 准备、营造和谐气氛、提问、结束及复审

【答案】　D

5. 员工要求离开现任职位，与企业解除劳动合同，退出企业工作的人事调整活动为（　　）。

A. 辞职　　　　　　B. 解职　　　　　　C. 辞退　　　　　　D. 资遣

【答案】　A

6. 终止劳动合同就是（　　）。

A. 辞职　　　　　　B. 解职　　　　　　C. 辞退　　　　　　D. 资遣

【答案】　C

7. 企业因故提出与员工终止劳动合同的一项人事调整活动为（　　）。

A. 辞职　　　　　　B. 解职　　　　　　C. 辞退　　　　　　D. 资遣

【答案】　D

8. 员工辞职前应提前（　　）日以书面形式通知企业。

A. 3　　　　　　　　B. 10　　　　　　　C. 15　　　　　　　D. 30

【答案】　D

二、多项选择题

1. 物业企业制定的招聘计划的依据主要包括（　　）。

A. 企业发展战略

B. 管辖项目类型、物业面积的大小

C. 业主构成情况

D. 收入与消费倾向、消费特点

E. 当年应届大学毕业生情况和回家就业计划

【答案】　ABC

2. 物业企业制定的招聘计划的内容包括（　　）。

A. 各类人员的招聘条件　　　　　　　　B. 招聘信息发布的时间、方式与范围

C. 招聘的薪酬标准　　　　　　　　　　D. 招聘的渠道、方法

E. 计划招聘人员总数和人员结构

【答案】　ABDE

3. 物业管理企业可通过一定渠道或选择一定的方式公布的有关招聘信息内容包括（   ）。

A. 招聘的职级和薪津标准　　　　B. 相关资格要求

C. 招聘人员的数量　　　　　　　D. 招聘的职位

E. 招聘的时间

【答案】 BCDE

4. 应聘申请表一般都应能够反映的信息包括（   ）。

A. 应聘者个人基本信息　　　　　B. 应聘者受教育状况

C. 应聘者过去的工作经验以及业绩　D. 应聘者的能力特长、职业兴趣

E. 应聘者的家庭信息

【答案】 ABCD

5. 在筛选应聘者简历时应重点察看的内容包括（   ）。

A. 自我评价和描述　　　　　　　B. 个人成绩

C. 工作经历　　　　　　　　　　D. 教育背景

E. 个人信息

【答案】 BCDE

6. 审阅和筛选应聘者简历重点察看的客观内容包括（   ）。

A. 自我评价和表述　　　　　　　B. 个人信息

C. 教育背景　　　　　　　　　　D. 工作经历

E. 个人成绩

【答案】 BCDE

7. 确定选拔员工的常用方法有（   ）。

A. 面试　　　　　　　　　　　　B. 心理测试

C. 知识测验　　　　　　　　　　D. 劳动技能测验

E. 原单位调查

【答案】 ABCD

8. 智力包括（   ）。

A. 观察力　　　　　　　　　　　B. 记忆力

C. 想象力　　　　　　　　　　　D. 思维能力

E. 个性

【答案】 ABCD

9. 员工的解聘包括的情况有（   ）。

A. 辞职　　　　　　　　　　　　B. 退休

C. 辞退　　　　　　　　　　　　D. 资遣

E. 解职

【答案】 ACD

10. 以下应对当事人予以辞退的情况有（   ）。

A. 在试用期间被证明不符合录用条件的

B. 严重违反劳动纪律或者用人单位规章制度的

C. 严重失职，营私舞弊，对用人单位利益造成重大损害的

D. 被依法追究刑事责任的

E. 企业为了发展需要做出重大调整

【答案】 ABCD

11. 心理测试是指通过一系列科学方法来衡量被测量被试者的（　　）。

A. 智力　　　　　　　　　　B. 特殊能力

C. 个性差异　　　　　　　　D. 反应能力

E. 个人修养

【答案】 AC

第二节　人员的培训及管理

本节要点

物业管理企业员工培训体系及其选择；培训的分类及其内容；年度培训计划的主要内容；培训的组织与实施。

复习题解

一、单项选择题

1. 物业管理企业培训体系包括（　　）。

A. 一级培训体系　　　　　　B. 二级培训体系

C. 一级培训体系和二级培训体系　D. 一级培训体系、二级培训体系和三级培训体系

【答案】 C

2. 只在公司一级设立专职培训机构，项目机构不设培训机构的培训体系为（　　）。

A. 独立培训体系　　　　　　B. 公司培训体系

C. 一级培训体系　　　　　　D. 单独培训体系

【答案】 C

3. 各类操作层员工的知识培训都需要的内容是（　　）。

A. 物业管理基础知识　　　　B. 物业管理财务管理知识

C. 房地产经营知识　　　　　D. 经济学知识

【答案】 A

4. 在操作层知识培训内容中应该有供水供电基本知识内容的培训对象是（　　）。

A. 保安员　　　　　　　　　B. 保洁员

C. 维修员　　　　　　　　　D. 绿化员

【答案】 C

二、多项选择题

1. 二级培训体系的好处在于（　　）。

A. 有利于加强培训的针对性

B. 有利于加强项目机构培训的责任感

C. 有利于培训标准和要求的统一

D. 有利于加强培训的及时性

E. 有利于加强培训的适应性

【答案】 ABDE

2. 物业管理企业操作层员工包括（　　）。

A. 项目负责人 B. 保安员

C. 保洁员、维修员 D. 绿化员

E. 设备管理员

【答案】 BCDE

3. 项目管理负责人知识培训的主要内容有（　　）。

A. 物业管理基础知识 B. 经济学、组织行为学知识

C. 市场营销、公共关系知识 D. 物业企业财务管理、物业管理法规知识

E. 房地产经营知识

【答案】 BCDE

4. 一般管理层员工知识培训的主要内容包括（　　）。

A. 物业管理基础知识、物业管理法规知识

B. 房屋结构构造与识图知识

C. 物业管理收费知识、环境管理知识

D. 房屋维护与管理知识、房屋附属设备维护与管理知识

E. 市场营销、公共关系知识，房地产经营知识

【答案】 ABCD

5. 物业管理企业员工培训的方法有（　　）。

A. 实验法 B. 课堂教学法

C. 现场教学法 D. 师徒式培训法

E. 抽检法

【答案】 BCD

6. 中高级管理人员知识培训的主要内容包括（　　）。

A. 经济学、组织行为学、心理学知识 B. 公共关系学、行政管理学知识

C. 市场营销相关知识、房地产经营知识 D. 物业管理基础知识

E. 物业管理企业财务管理、物业管理法规

【答案】 ABCE

7. 项目管理人员能力培训的内容主要包括（　　）。

A. 物业管理各项活动的组织能力 B. 制定物业管理方案和物业管理制度的能力

C. 编制费用预算的能力 D. 制定物业维修方案的能力

E. 策划经营服务项目和创优达标的能力

【答案】 BCDE

8. 一般员工能力培训的主要内容包括（　　）。

A. 编制费用预算的能力和策划经营服务项目的能力

B. 楼宇巡查能力和处理投诉问题的能力

C. 物业接管验收能力和装修监管能力

D. 物业管理常用公文的写作能力

E. 制定物业管理制度的能力

【答案】 BCD

9. 员工培训效果的评估主要包含的层次内容有（　　）。

A. 评估被培训者对培训知识的掌握程度

B. 评估被培训者工作行为的改进程度

C. 评估企业的经营绩效是否得到了改善

D. 评估被培训者愿意参加的程度

E. 培训培训人员的培训态度和组织者的敬业精神

【答案】 ABC

三、问答题

1. 保安员的知识培训内容有哪些？

【答案要点】 保安员知识培训的主要内容包括：物业管理基础知识、所管理物业的基本情况、保安员的职责和权力、保安员处理问题的原则和方法、职业纪律、职业礼貌、职业道德、仪容仪表、着装要求、内务卫生、对讲机的保养和使用、上岗执勤、交班接班、停车场管理、交通常识、消防知识、防卫制度等方面的知识。

2. 保洁员的知识培训内容有哪些？

【答案要点】 保洁员知识培训的主要内容包括：物业管理基础知识、各种清洁工具和清洁材料的功能及使用知识。

3. 维修员知识培训的内容有哪些？

【答案要点】 维修员知识培训的主要内容包括：物业管理基础知识、供水供电基本知识、房屋日常养护知识及房屋维修知识等。

4. 绿化员知识培训的内容有哪些？

【答案要点】 绿化员知识培训的主要内容包括：物业管理基础知识、绿地花木养护知识、花卉植物虫害防治知识及绿化工作检验标准、室内、阳台、屋顶绿化管理标准等方面的知识。

5. 设备管理员的知识培训内容有哪些？

【答案要点】 设备管理员知识培训的主要内容包括：物业管理基础知识、房屋附属设备的构成及分类、三级保养制度、房屋附属设备维修的类型、给排水设备的验收接管、水泵房的管理、房屋装饰性设备等方面的知识。

6. 保安员的能力培训内容有哪些？

【答案要点】 保安员能力培训的主要内容包括：巡逻岗岗位能力、大堂岗（固定岗）岗位能力、交通岗岗位能力、车库（场）岗岗位能力、内务岗岗位能力、物品出入管理能力、盗窃、匪警应急事件处理能力、发生斗殴事件的处理能力、巡逻中发现可疑分子的处理能力、发现住户醉酒闹事或精神病人的处理能力、遇到急症病人的处理能力、突发水浸事故的处理能力、火灾事件的应急处理能力、燃气泄漏事故的处理能力、执勤中遇到不执行规定、不听劝阻事件的处理能力、业主/物业使用人家中发生刑事或治安案件时的处理能力、车辆冲卡事件的处理能力等方面。

7. 保洁员能力培训主要内容有哪些?

【答案要点】　保洁员能力培训的主要内容包括:楼道的清洁能力、高层大厦的清洁能力、多层住宅的清洁能力、玻璃门、窗、镜面、玻璃幕墙的清洁能力、绿地的清洁能力、灯具的清洁能力、公共场地和马路的清洁能力、室外地面的清洁能力、房屋天面和雨棚的清洁能力、地下室、天台、转换层的清洁能力、住宅区大堂的清洁能力、清洁工作的应急能力。

8. 维修员技能培训的主要内容有哪些?

【答案要点】　维修员技能培训的主要内容包括:室内地面的维修能力、室内墙面的维修能力、室内顶棚的维修能力、室内门窗的维修能力、住户室内给排水管道及附件的维修能力、住户家线路故障的处理能力、室外梁、板、柱的维修能力、室外墙体、楼梯、屋顶维修能力、室外公用设施、地下排水沟道、绿化水管等管网的维修能力。

9. 设备管理员能力培训的主要内容有哪些?

【答案要点】　设备管理员能力培训的主要内容包括:房屋附属设备的日常保养能力、给排水设备的管理与维护能力、消防设备的维修管理能力、卫生设备的维修管理能力、电力设备的维修管理能力、电梯设备的维修管理能力、制冷供暖设备的维修管理能力、避雷设施的维护能力等。

10. 中高级管理人员知识培训的主要内容有哪些?

【答案要点】　中高级管理人员知识培训的主要内容包括:经济学、组织行为学、心理学、公共关系学、行政管理学、市场营销相关知识,物业管理企业财务管理、物业管理法规、房地产经营等知识。

11. 中高级管理人员能力培训的主要内容有哪些?

【答案要点】　中高级管理人员能力培训的主要内容包括:物业管理各项活动的组织、内外沟通协调、经营服务的策划、物业管理企业运作制度的订立、物业管理拓展和物业管理方案的制定、突发事件的处理等能力。

第三节　员工薪酬管理

本节要点

员工薪酬管理目标、薪酬制度选择、薪酬计划、薪酬结构调整;薪酬体系设计的步骤和应注意的几个问题。

复习题解

一、单项选择题

1. 对薪酬结构的确定和调整主要掌握的原则是(　　)。

A. 成本最低原则　　　　　　　　B. 高于地方最低工资标准的原则

C. 高职高酬、档次拉开的原则　　D. 给予员工最大激励和公平付薪的原则

【答案】　D

2. 薪酬结构是指企业员工间的各种薪酬(　　)。

A. 水平　　　　B. 差异　　　　C. 档次　　　　D. 比例及构成

【答案】　D

3. 薪酬体系设计的基本步骤为（　　）。

A. 薪酬调查、薪酬定位、职位分析、职位评价、薪酬结构设计、薪酬体系的实施和修正

B. 薪酬调查、薪酬定位、薪酬结构设计、职位分析、职位评价、薪酬体系的实施和修正

C. 职位分析、职位评价、薪酬调查、薪酬定位、薪酬结构设计、薪酬体系的实施和修正

D. 薪酬调查、薪酬结构设计、薪酬定位、职位分析、职位评价、薪酬体系的实施和修正

【答案】 C

二、多项选择题

1. 员工薪酬管理过程中，需要加以确定和调整的员工薪酬包括（　　）。

A. 基本工资　　　　　　　　　　B. 绩效工资

C. 激励性报酬　　　　　　　　　D. 福利

E. 养老保险

【答案】 ABCD

2. 薪酬管理的目标主要有（　　）。

A. 吸引高素质人才，稳定现有员工队伍

B. 使员工安心本职工作，并保持较高的工作业绩和工作动力

C. 努力实现组织目标和员工个人发展目标的协调

D. 控制员工工资标准，减少工资费用支出

E. 满足管理层工资上涨的要求，稳定高层管理层队伍

【答案】 ABC

3. 薪酬的制定和调整必须考虑的因素包括（　　）。

A. 社会的生活成本、物价指数　　B. 企业的工资支出成本

C. 企业的经济效益　　　　　　　D. 个人的工资期望和家庭的负担

E. 个人工作绩效

【答案】 ABCE

4. 物业管理企业薪酬结构设计一般需要综合考虑的因素包括（　　）。

A. 职位职级　　　　　　　　　　B. 个人的技能

C. 个人的资历　　　　　　　　　D. 个人绩效

E. 个人的社会关系

【答案】 ABCD

第四节　员工的考核与奖惩

本节要点

员工考核的对象和内容、考核的原则、考核的程序和考核的方法；员工奖励和惩罚的形

式以及注意事项。

复习题解

一、单项选择题

1. 对物业管理企业项目负责人考核的主要方面一般是（ ）。

A. 学习能力、团队意识、业务能力、工作业绩

B. 团队意识、纪律意识、敬业意识、责任意识

C. 理解能力、业务能力、协调能力、沟通能力

D. 工作业绩、业务能力、综合素质和个人品质

【答案】 D

2. 物业管理企业员工考核的方法通常采用（ ）。

A. 指标考核法 B. 打分考核法

C. 综合考核法 D. 定性考核法和定量考核法

【答案】 D

二、多项选择题

1. 定性考核法主要采用的方式有（ ）。

A. 涉及考核指标体系 B. 个人述职

C. 群众考评 D. 组织谈话

E. 上级评定

【答案】 BCDE

2. 员工的精神奖励包括（ ）。

A. 带薪休假 B. 升迁

C. 表扬 D. 奖金

E. 培训

【答案】 BE

3. 员工的物质奖励包括（ ）。

A. 奖金、加薪 B. 奖品

C. 升迁 D. 带薪休假

E. 培训

【答案】 ABCD

4. 员工惩罚应注意的是（ ）。

A. 惩罚要严厉 B. 惩罚要适当

C. 惩罚要合理 D. 惩罚要一致

E. 惩罚要灵活

【答案】 BCDE

第十四章 客户管理

考试要点

本部分的考试目的是测试考生对物业管理客户沟通、投诉处理、客户满意度调查等知识的掌握程度和综合运用能力。

掌握：客户沟通的方法与管理，投诉的处理程序与方法，客户满意度调查的实施步骤。

熟悉：客户沟通的准备与注意事项，投诉处理的内容与方式，客户满意度调查的基本原则与方法。

了解：客户投诉的意义。

重点内容

1. 客户沟通的内容

（1）与建设单位就早期介入、承接查验、物业移交等问题的沟通交流；

（2）与政府行政、业务主管部门和辖区街道居委会在法规监管、行政管理服务方面的沟通交流；

（3）与市政公用事业单位、专业服务公司等相关单位和个人的业务沟通交流；

（4）与业主大会和业主委员会对有关物业管理事务的沟通交流；

（5）与业主、物业使用人的沟通交流。

2. 客户沟通的方法

3. 客户沟通的管理

4. 客户投诉的处理

（1）客户投诉的内容；

（2）客户投诉的方式；

（3）客户投诉处理的程序；

（4）客户投诉处理的方法。

5. 客户满意度调查

（1）客户满意度与测量方法；

（2）客户满意度调查的实施步骤。

第一节 客户沟通

本节要点

客户沟通的概念与内容、客户沟通的准备、沟通的方法与管理；客户沟通的注意事项。

复习题解

一、单项选择题

1. 两个或两个以上的人交流信息、观点和理解的过程为（　　）。

A. 理解　　　　　　　　B. 沟通　　　　　　C. 交流　　　　　　D. 了解

【答案】 B

2. 与建设单位、市政公用事业单位、专业公司等单位的沟通交流准备的核心是（　　）。

A. 法律法规准备　　　B. 培训准备　　　　C. 合同准备　　　　D. 建议准备

【答案】 C

二、多项选择题

1. 沟通的方法包括（　　）。

A. 观察

B. 倾听

C. 交谈

D. 写作和阅读

E. 非语言表达

【答案】 BCDE

2. 物业管理单位与建设单位沟通的内容包括（　　）。

A. 法规监督

B. 行政管理

C. 早期介入

D. 承接查验

E. 物业移交

【答案】 CDE

3. 物业管理单位与政府行政、业务主管部门、辖区街道居委会沟通交流的问题包括（　　）。

A. 法规监督

B. 行政管理

C. 早期介入

D. 承接查验

E. 物业移交

【答案】 AB

4. 以下需要与业主（或使用人）沟通交流的内容有（　　）。

A. 物业管理法规的宣传与沟通；物业管理服务内容、标准和有关账目的公示与解释

B. 物业管理相关事项、规定和要求的询问与答复；物业管理的投诉受理与处理反馈

C. 物业服务需求或其他需求的受理、答复、解释和反馈；物业管理服务的项目、水平、标准、收费及其他事项的沟通交流

D. 物业管理企业人事变动安排和组织机构变动的公示；注册资金等企业注册事项变动的公示与解释

E. 物业管理日常服务中的一般沟通交流；与其他单位和个人的沟通交流

【答案】 ABCE

5. 与以下部门和人员的沟通准备核心是合同准备的有（　　）。

A. 政府相关部门

B. 建设单位

C. 市政公用事业单位

D. 专业公司

E. 业主

【答案】　BCD

6.物业管理活动中,沟通的方法有( )。

A. 倾听和提问　　　　　　　　B. 表示同情

C. 解决问题　　　　　　　　　D. 跟踪

E. 置之不理

【答案】　ABCD

7.与以下单位和人员的沟通,属于长期性的工作,贯穿于物业管理全过程的有( )。

A. 建设单位　　　　　　　　　B. 政府机关

C. 公用事业单位　　　　　　　D. 专业外部单位

E. 业主、业主大会、业主委员会

【答案】　BCDE

8.在与客户沟通中,物业管理人员应该注意的事项有( )。

A. 态度诚恳、神情专著　　　　B. 保持适度的距离

C. 寒暄开场、缓和气氛　　　　D. 尊重对方

E. 保持高调

【答案】　ABCD

第二节　客户投诉的处理

本节要点

客户投诉的原因和途径;物业管理投诉处理的要求、程序、处理方法。

复习题解

一、单项选择题

1.物业管理投诉处理的程序是( )。

A. 判定投诉性质、记录投诉内容、确定处理责任人、调查分析投诉原因、提出解决投诉的方案、答复业主

B. 记录投诉内容、判定投诉性质、确定处理责任人、调查分析投诉原因、提出解决投诉的方案、答复业主

C. 记录投诉内容、判定投诉性质、调查分析投诉原因、确定处理责任人、提出解决投诉的方案、答复业主

D. 判定投诉性质、记录投诉内容、调查分析投诉原因、确定处理责任人、提出解决投诉的方案、答复业主

【答案】　C

二、多项选择题

1.在物业管理和服务运行的过程中,引起物业管理投诉的原因概括起来主要有( )。

A. 物业管理服务   B. 物业服务收费

C. 社区文化活动组织   D. 突发事件和邻里关系处理

E. 物业管理法规政策

【答案】 ABCD

2. 物业管理投诉的途径一般包括（   ）。

A. 电话   B. 个人亲临

C. 委托他人   D. 信函邮寄、投送意见箱

E. 张贴请愿书

【答案】 ABCD

3. 物业管理人员在受理业主投诉时，除了要严格遵守服务规范外，还要（   ）。

A. 耐心接受，视情况处理

B. 对投诉要"谁受理、谁跟进、谁回复"

C. 尽快处理，暂时无法解决的，除必须向业主说明外，要约时间处理，时时跟进

D. 接受和处理业主投诉要做详细记录，并及时总结经验

E. 接受与处理业主的投诉，要尽可能满足业主（或物业使用人）的合理要求

【答案】 BCDE

4. 物业管理投诉的处理方法包括（   ）。

A. 耐心倾听，不与争辩   B. 详细记录，确认投诉

C. 真诚对待，冷静处理   D. 及时处理，注重质量

E. 细心解释，听否自便

【答案】 ABCD

第三节 客户满意度调查

本节要点

客户满意的概念、客户需要的种类、测量客户满意的方法；客户满意度调查基本原则；客户满意度问卷调查的实施步骤。

复习题解

一、单项选择题

1. 如果物业管理服务的绩效超过客户的期望，客户会（   ）。

A. 不满意   B. 满意

C. 十分满意   D. 不一定是否会满意

【答案】 C

2. 如果物业管理服务的绩效与客户的期望相称，会达成（   ）。

A. 客户不满意   B. 客户满意

C. 客户十分满意   D. 客户是否满意不确定状态

【答案】 B

3. 根据自己的业务目标并针对客户的侧重点，进行规划、研究、调查、衡量、分析、采取纠正措施和持续改进的过程称为（   ）。

A. 客户评价   B. 客户满意度调查

C. 客户满意度评估   D. 客户满意度管理

【答案】 C

二、多项选择题

1. 一般而言，客户的需要包括（   ）。

A. 被关心   B. 被关注

C. 被倾听   D. 需要服务专业化人员

E. 需要迅速反应

【答案】 ACDE

2. 如果接到客户的投诉，管理人员的答复可以是（   ）。

A. 感谢您提出宝贵的建议，在今后我们的工作中一定加以改进

B. 您提出的问题不是我们能够解决的，超出了我们的职责范围

C. 请您改天再来，我们领导不在，我又不能给您解决

D. 领导回来我马上反映，有了结果我们马上反馈给您

E. 如果我们公司不能解决，我们会将您的意见反映到政府相关部门

【答案】 ADE

3. 测量客户满意的方法有（   ）。

A. 建立受理系统   B. 客户满意度调研

C. 失去客户分析   D. 竞争者分析

E. 员工素质统计

【答案】 ABCD

第十五章 物业管理应用文书

本部分的考试目的是测试考生对物业管理应用文书的类型、写作要领等物业管理应用文书知识的掌握程度和综合运用能力。

掌握：物业管理应用文书的常见类型和写作要领。

熟悉：物业管理行政公文、事务文书、制度文书、礼仪文书的写作要领。

了解：应用文书的基础知识，物业管理应用文书的作用，物业管理活动中其他日常文书常用的类型、格式和写作要求，行政公文与其他文书的区别。

重点内容

1. 应用文书的相关知识
2. 物业管理应用文书的类型
(1) 行政公文；
(2) 事务文书；
(3) 制度文书；
(4) 礼仪文书；
(5) 其他日常文书。
3. 物业管理应用文书制作及写作要领
(1) 物业管理应用文书标题的制作；
(2) 物业管理应用文书写作的行款格式规则；
(3) 物业管理应用文书的写作要领。

第一节 应用文书的基础知识

本节要点

正确使用汉字的注意事项；正确使用词语的注意事项；标点符号的种类；常用的语法错误；论证严密的要求；相关文书种类。

复习题解

一、单项选择题

1. 应用文书在词语的使用上应当力求（ ）。

A. 利用方言、避免外来词　　　　B. 准确、简练、得当

C. 尽量利用简称　　　　　　　　D. 书面化、文学化

【答案】 B

2. 以下属于标点符号中的句中点号的有（   ）。

A. 逗号、顿号、分号、冒号　　　　　B. 句号、问号、叹号

C. 引号、括号、书名号、专名号　　　D. 破折号、省略号着重号、连接号、间隔号

【答案】 A

3. 以下属于标点符号中的句末点号的有（   ）。

A. 逗号、顿号、分号、冒号　　　　　B. 句号、问号、叹号

C. 引号、括号、书名号、专名号　　　D. 破折号、省略号着重号、连接号、间隔号

【答案】 B

4. 应用文书要求表达要规范是指说话写作要符合（   ）。

A. 地方语言规范　　　　　　　　　　B. 说话习惯

C. 语法规范　　　　　　　　　　　　D. 行文规范

【答案】 C

二、多项选择题

1. 从正字法的角度看，在应用文写作中应该注意的问题是（   ）。

A. 不能是滥用的简称　　　　　　　　B. 正确使用标点符号

C. 不要书写错别字　　　　　　　　　D. 不要随意生造简化字

E. 不要书写简繁夹杂的字

【答案】 BCDE

2. 应用文书的基础要求包括（   ）。

A. 正确使用汉字　　　　　　　　　　B. 正确使用词语

C. 正确使用标点符号　　　　　　　　D. 表达要符合规范和逻辑

E. 尽量使用文学语言和描述

【答案】 ABCD

3. 以下属于标点符号中的点号的有（   ）。

A. 逗号、顿号、分号、冒号　　　　　B. 句号、问号、叹号

C. 引号、括号　　　　　　　　　　　D. 破折号、省略号着重号、连接号、间隔号

E. 书名号、专名号

【答案】 AB

4. 以下属于标点符号中的标号的有（   ）。

A. 逗号、顿号、分号、冒号　　　　　B. 句号、问号、叹号

C. 引号、括号　　　　　　　　　　　D. 破折号、省略号着重号、连接号、间隔号

E. 书名号、专名号

【答案】 CDE

5. 常见的语法错误有（   ）。

A. 错别字、生造字词　　　　　　　　B. 搭配不当、成分残缺

C. 赘余、语序不当、杂糅　　　　　　D. 指代不明

E. 虚词使用不当、数量表达不清

【答案】 BCDE

三、综合分析

某物业管理公司发出通知：

"通　　知"

各位业主：

5月18日下午在地下室会议室召开全体业主大会，请每一楼层每一户的全体业主派人准时参加，每位参加人员共同探讨物业管理大计。

××物业管理公司
2006年5月16日

问题一、该通知的表达规范方面的错误主要包括（　　）。

A. 赘余　　　　　　　　　　　　B. 成分残缺

C. 数量表达不清　　　　　　　　D. 虚词使用不当

【答案】　ABC

问题二、该通知属于（　　）。

A. 内行文　　　　B. 下行文　　　　C. 前行文　　　　D. 后行文

【答案】　AC

问题三、在正确使用规范汉字方面，该通知的主要问题在于（　　）。

A. 书写错字　　　B. 夹杂简繁字体　　　C. 生造字　　　D. 书写别字

【答案】　BD

第二节　物业管理应用文书的类型

本节要点

通用的应用文书种类；行政公文的种类、事务文书的种类、制度文书的种类、礼仪文书的种类；其他常用文书的种类。

复习题解

一、单项选择题

1. 物业管理公司使用的决定属于（　　）。

A. 内行文　　　　B. 下行文　　　　C. 平行文　　　　D. 内行文或下行文

【答案】　D

2. 物业管理公司使用的批复属于（　　）。

A. 内行文　　　　B. 下行文　　　　C. 前行文　　　　D. 后行文

【答案】　B

3. 某小区在创建文明小区获得成功后，为了让下级各个单位了解，需要采用的应用文书形式是（　　）。

A. 通知　　　　B. 决定　　　　C. 通报　　　　D. 报告

【答案】　C

4. 某物业公司董事会年初对年度经济指标进行下达，要使用的应用文书形式是

（   ）。

    A. 通知   B. 决定   C. 通报   D. 报告

【答案】 B

5. 某物业公司拟组织人员到另外一个优秀文明小区参观学习，告知对方使用的应用文书形式是（   ）。

    A. 通知   B. 决定   C. 请示   D. 函

【答案】 D

6. 物业管理使用的"五一长假温馨提示"属于应用文书类型中的（   ）。

    A. 礼仪文书   B. 条据类应用文书

    C. 告启类应用文书   D. 事务文书

【答案】 C

7. 物业公司在直接面对业主的文书中，大量地使用到的是（   ）类的应用文书。

    A. 礼仪文书   B. 条据类应用文书

    C. 告启类应用文书   D. 事务文书

【答案】 C

二、多项选择题

1. 物业管理公司使用的决定属于（   ）。

    A. 内行文   B. 外行文

    C. 上行文   D. 下行文

    E. 平行文

【答案】 AD

2. 物业管理公司使用的通知属于（   ）。

    A. 内行文   B. 外行文

    C. 前行文   D. 后行文

    E. 下行文

【答案】 ACE

3. 物业管理公司使用的通报属于（   ）。

    A. 内行文   B. 外行文

    C. 前行文   D. 后行文

    E. 下行文

【答案】 ADE

4. 物业管理公司使用的报告属于（   ）。

    A. 内行文   B. 外行文

    C. 前行文   D. 后行文

    E. 上行文

【答案】 ADE

5. 物业管理公司使用的请示属于（   ）。

    A. 内行文   B. 外行文

    C. 前行文   D. 后行文

E. 上行文

【答案】　CE

6. 物业管理公司使用的通知大体上包括的类别有（　　）。

A. 指示性通知　　　　　　　　　B. 周知性通知

C. 提示性通知　　　　　　　　　D. 警示性通知

E. 转发性通知

【答案】　ABE

7. 物业管理公司使用的报告通报大体上的类别包括（　　）。

A. 任免性通报　　　　　　　　　B. 表彰性通报

C. 批评性通报　　　　　　　　　D. 情况通报

E. 专题通报

【答案】　BCDE

8. 物业管理公司使用的报告大体上的类别包括（　　）。

A. 工作报告　　　　　　　　　　B. 情况报告

C. 费用报告　　　　　　　　　　D. 回复报告

E. 报送报告

【答案】　ABDE

9. 以下物业管理公司使用的应用文书中，属于事务文书的有（　　）。

A. 请示　　　　　　　　　　　　B. 会议纪要

C. 计划　　　　　　　　　　　　D. 总结和倡议书

E. 大事记

【答案】　CDE

10. 以下物业管理公司使用的应用文书中，属于制度文书的有（　　）。

A. 制度　　　　　　　　　　　　B. 办法

C. 计划　　　　　　　　　　　　D. 公约

E. 守则

【答案】　ABDE

11. 以下物业管理公司使用的应用文书中，属于礼仪文书的有（　　）。

A. 请示　　　　　　　　　　　　B. 函

C. 邀请书、请柬　　　　　　　　D. 感谢信

E. 贺信

【答案】　CDE